KB055832

악마의 음악

OTHER VOICES

경우勁雨 현대 판타지 장편소설

WISHBOOKS MODERN FANTASY STORY

악마의 음악 7
OTHER WORKS

경우勁雨 현대 판타지 장편소설

초판 1쇄 찍은 날 | 2019년 4월 15일
초판 1쇄 펴낸 날 | 2019년 4월 22일

지은이 | 경우
펴낸이 | 예경원

기획 | 위시북스
편집책임 | 이규재
편집 | 위시북스

펴낸곳 | 예원북스
등록번호 | 제396-2012-000132호
등록일자 | 2012. 7. 25
KFN | 제1-397호

주소 | 경기도 고양시 일산동구 호수로 646-24 위너스21Ⅱ빌딩 206A호 (우)10401
전화 | 031-819-9431 팩스 | 031-817-9432
E-mail | yewonbooks@naver.com

ISBN 979-11-6424-245-0 04810
      979-11-89564-46-9 (set)

악마의 음악

OTHER VOICES

7

경우 勁雨 현대 판타지 장편소설

WISHBOOKS MODERN FANTASY STORY

Wish Books

CONTENTS

하루의 이후

OTHER VOICES

◈ 1장 ◈
지진 속에 피어난 꽃(3)

국내 굴지의 통신사 SJT의 홍보 이사실.

'쾅!'

"어떻게든 물어 와! 얼마가 돼도 좋으니까!"

홍보 이사가 긴 테이블에 모여 앉은 홍보실 직원들에게 소리쳤다. 그가 앉은 맨 앞자리의 대형 스크린에 방금 올라온 케이의 기사가 있고, 모든 직원이 바쁘게 노트북으로 무언가 하고 있었다.

50대 초반으로 보이는 홍보 이사가 옆에 앉은 40대 초반의 남자를 째려보았다.

"강 팀장! 내가 케이 광고 모델로 엮어보라고 한 게 언제야? 넋 놓고 있다가 이게 뭐 하는 거야? 졸지에 다른 기업이랑 입찰 붙게 생겼어! 지금 케이 입지가 어떤지 몰라? 지금 얘는 국가가 아니라 세계의 영웅이라고!"

최 팀장이라 불린 남자가 식은땀을 흘리며 말했다.

"그, 그렇지만 그때 이사님께서 아직 앨범 한 장 안 낸 애송이를 뭘 믿고……."

"쾅! 뭐라고? 내가 올바른 판단을 할 수 있게 보좌하는 게 당신 임무 아냐? 그럼 내가 바빠 죽겠는데 맨날 기사 보고 있을까?"

"죄, 죄송합니다. 이사님."

"어떻게든 따와. 어차피 기업 차원에서 대규모 기부했다고 생각하면 되니까, 사회공헌 활동 예산까지 다 끌어 써도 좋아. 대표님과 담판은 내가 짓고 오지."

최 팀장이 조심스럽게 물었다.

"규모는 어느 정도로 잡으면 될까요, 이사님?"

이사가 스크린에 뜬 건의 사진을 노려본 후 말했다.

"100억부터 레이스 붙어. 인맥들 동원해서 경쟁사 입찰 가격 최대한 알아보고, 무조건 경쟁사보다 더 부른다! 다들 움직여!"

노트북을 접고 우르르 밖으로 뛰어나가는 직원들을 보던 이사가 어정쩡한 자세로 앉아 있는 최 팀장을 째려보았다.

"최 팀장, 안 나가나?"

"아! 예!"

벌떡 일어난 최 팀장이 부리나케 회의실을 빠져나갔다.

한국의 모든 대기업 홍보실이 비슷했다. 모두가 그럴 것이라는 것을 알았지만, 또, 경쟁 기업들이 예상한 범주 내에서 움직일 거라 생각했지만…….

그들은 잘 몰랐다. 이 현상이 벌어지고 있는 것이 비단 한국만이 아니라는 것을.

몇몇 스타 마케팅을 하는 나라의 기업 홍보실은 그야말로 초비상사태였다. 각자 가진 인맥을 총동원하여 국가를 넘어 경쟁사라고 생각되는 모든 곳의 정보를 캐고, 서로 눈치를 보았다.

기업들로써는 주위의 눈치를 보며 그냥 네팔에 보여주기식으로 기부할 돈을 엄청난 화제와 브랜드 마케팅 효과를 가져오는 금덩이로 바꿀 기회였기 때문이다.

이 현상은 동북아시아와 동남아시아에서 극심했고, 유럽의 일부 국가 역시 마찬가지였다.

본래 스타 마케팅을 하지 않는 국가들은 가만히 상황을 지켜보았다.

하지만 이들 역시 최고의 브랜드 마케팅 기회를 그냥 날려버리기에는 아까웠는지, 사회공헌 활동 자금으로 빼두었던 돈으로 입찰에 참여하기 시작했다.

전 세계가 하루하루 지날수록 팡타지오의 행보에 대해 더 큰 관심을 가졌고, 팡타지오 앞에는 단 하나의 정보라도 얻기 위해 기자들이 장사진을 치고 있었다.

출퇴근하는 내부 직원들을 데려가 비싼 커피를 사주고 정보를 캐려고 드는 기자 역시 많았지만, 손린은 회장인 왕하오에게도 입찰 가격을 알리지 않았다.

입찰 가격에 대한 정보는 암호화되었고, 오직 손린의 회사 계정으로만 열람할 수 있도록 미리 조치를 해두었기 때문이다.

♪♫

팡타지오의 회장실.

왕하오 회장을 가운데에 두고 손린과 옌안 이사가 함께 자리했다. 왕하오는 현재의 상황이 무척이나 만족스러운 듯 연신 웃음을 흘리고 있었다.

"그래, 손린 이사. 경매는 어떻게 되어가고 있는가?"

린이 살짝 고개를 끄덕이며 말했다.

"경매 마감까지 앞으로 23시간 남았습니다. 그동안 입찰한 기업 수는 103개이며, 가장 많은 기업은 한국과 중국입니다. 다음으로 일본과 프랑스가 뒤를 잇고 있습니다."

가만히 듣고 있던 옌안이 말했다.

"103개? 생각보다는 적은 수인데?"

손린이 맞은편에 앉아 펜을 굴리고 있는 옌안을 보며 말했다.

"어지간한 규모의 기업에서는 입찰을 포기한 것으로 보입니다. 또 한국과 같이 기업 간 계급이 있는 곳은 하청 업체나 연관 회사들은 상위 회사의 눈 밖에 날까 두려워 입찰을 하지 않은 것으로 보이고요."

왕하오 회장이 몸을 소파에 깊숙이 묻으며 말했다.

"그건 그럴 만하지. 우리 중국도 그 점에서는 마찬가지일 테고 말이야."

린이 고개를 끄덕이며 말을 이었다.

"오히려 그 현상은 중국 쪽이 더 극심합니다. 하지만 경제 순위 상위에 있는 회사들은 대부분 입찰에 참여했습니다."

옌안 이사가 왕하오 회장의 눈치를 힐끗 본 후 조심스럽게 말했다.

"그런데 말이야……. 회사를 이끌고 있는 경영진인 우리에게까지 숨기는 이유는 뭔가? 우릴 못 믿어서인가? 정보라도 흘릴 것 같아서?"

린이 잠시 옌안을 노려본 후 말했다.

"두 분이 그런 분이라고는 생각하지 않습니다만, 만약 회사의 포지셔닝을 위해 반드시 손을 잡아야 할 곳이 낮은 입찰 금액으로 입찰했다면, 그때도 공정하게 경매를 마치실 수 있겠습니까?"

"음……. 회사의 입장도 생각하는 게 좋지 않을까?"

"바로 그래서 공개하지 않는 겁니다."

옌안이 마음에 들지 않는다는 표정으로 펜을 테이블에 콕콕 찍었다.

"손린 이사. 자네는 팡타지오의 사람인가, 아니면 김 건 개인의 사람인가?"

손린이 유치한 질문이라는 듯 코웃음을 치며 말했다.

"물론 팡타지오의 사람입니다. 그래서 더욱 먼 미래를 보고 이번 일을 공정하게 처리하려는 것이고요."

옌안이 주먹으로 테이블을 살짝 치며 말했다.

"팡타지오의 사람이라면! 무조건 회사에 이득이 되는 쪽으로 가야지?"

린과 옌안이 잠시 서로를 노려보며 기싸움을 벌이자 왕하오 회장이 중재했다.

"뭐 하는 건가? 그만들 하시게. 서로 도와도 모자랄 판에 싸우다니? 옌안 이사. 왜 그리 정보를 알고 싶어 하지? 회장인 나도 모르는 정보인데 말이야."

옌안이 황급히 손사래를 치며 말했다.

"아닙니다! 정보를 알고자 한다기보다 우리 회사의 입지 개선에 도움이 되는 쪽의 입찰을 도와주면 우리에게 더 큰 이득이 되지 않을까 해서 말씀드리는 것입니다."

린이 싸늘한 눈으로 옌안을 보며 말했다.

"그 말이 그 말 아닌가요? 입찰한 회사 리스트를 보고 내가 찍어줄 테니 그중에 골라라, 이거 아닙니까?"

옌안이 이글거리는 눈으로 린을 쏘아보며 말했다.

"그래서? 결국, 네 마음대로 하겠다는 건가?"

린이 왕하오 회장을 보며 말했다.

"김 건 씨와의 연장 계약서에도 명시되어 있듯, 건 씨는 팡타지오에 제가 있다는 조건 하에 3년의 계약을 하였습니다. 제가 팡타지오를 등지는 순간 건 씨도 없습니다. 아시죠, 회장님?"

옌안이 벌떡 일어나 고함을 질렀다.

"지금 회장님과 나를 협박하는 건가!"

린이 옌안 쪽을 쳐다보지도 않은 채 왕하오 회장과 눈을 맞추었다. 나이가 많지만, 팡타지오를 여기까지 끌고 온 왕하오 회장은 역시 늙어도 호랑이였다.

왕하오는 잠시 린과 눈을 피하지 않고 마주치다 이내 옌안을 노려 보았다. 옌안은 갑자기 회장이 자신을 노려보자 눈에 띄게 당황하였다.

잠시 옌안을 노려보던 왕하오가 입을 열었다.

"손린 이사가 알아서 잘 방어책을 마련하고 있고, 별문제가 없어 넘어가려 했소만…… 안 되겠군. 비서!"

왕하오 회장이 비서를 부르자마자 기다렸다는 듯 문이 열리며 여성 비서가 서류철 하나를 들고 들어왔다.

왕하오 회장은 비서가 자신의 쪽으로 오자 옌안 쪽을 가리키며 말했다.

"옌안 이사에게 넘겨주게."

비서는 즉시 옌안에게 서류철을 넘겨주었다.

옌안은 비서가 주는 서류철을 빼앗듯 받아 보고는 소스라치게 놀랐다.

"도대체 이게 무스……. 헉!"

서류철 안에는 옌안이 카페로 보이는 곳에서 누군가를 만나고 있는 사진이 있었다. 사진은 한 장이 아니었고, 서로 다른 사람들을 만나고 있는 옌안의 사진이 무려 스무 장이 넘었다.

옌안이 식은땀을 흘리며 왕하오 회장을 보았다.

"아, 아니, 회장님. 이건 그저 네트워크의 일환으로……."

왕하오가 아무 말 없이 옌안을 노려보자, 옌안이 혼자 변명을 하다 제풀에 지쳐 고개를 숙였다.

왕하오는 그런 옌안을 지켜보다 말했다.

"아직까지는 조사 결과 부탁만 받고 아직 받아먹은 건 없어 보이더군."

옌안이 고개를 번쩍 들고 일어나 두 손을 마구 흔들었다.

"그렇습니다! 부탁은 받은 적은 있습니다! 하지만 뭔가 받아

먹은 적은 추호도 없습니다, 회장님!"

자신의 결백을 외치는 옌안을 보던 왕하고 한참 만에 다시 입을 떼었다.

"가만히 뒀으면 낙찰이 끝나고 받았을 것 아닌가? 나와 손린 이사가 바보로 보이나?"

옌안이 충격을 받았는지 고개를 푹 숙였다.

왕하오는 그런 옌안을 노려보다 린에게 말했다.

"손린 이사, 잘하고 있네. 마무리까지 잘 부탁하지. 바쁠 텐데 어서 나가서 일 보고, 옌안 자네는 잠시 나와 이야기를 좀 더 하지."

린이 일어나 회의실을 나와 문을 닫는 순간 안에서 재떨이 깨지는 소리가 터져 나왔다.

쨍그랑!

"이 자식아!"

회의실을 떠나는 린의 입가에 미소가 머금어졌다.

다음 날 오전부터 팡타지오의 서버실 직원들은 눈코 뜰 새 없이 바쁜 시간을 보냈다.

관심이 집중되어 서버 트래픽이 한계치를 넘긴 지 오래였기 때문이다. 많은 기자가 홈페이지에 접속이 되지 않자, 팡타지오로 문의 전화를 하는 바람에 전화 응대팀의 사정도 다르지 않았다. 사람이 날아다니고 있는 사무실을 지나 자신의 방으로 출근한 손린이 자리에 앉으며 PC를 켰다.

PC의 화면에는 비밀번호를 입력하라는 창이 떠 있었다. 약간 긴장된 표정으로 비밀번호를 입력하고 화면을 보던 린의 얼굴에 짙은 미소가 지어졌다.

린은 한숨을 쉰 후 기지개를 켜며 기분 좋은 웃음을 짓다가 전화기를 들었다. 잠시 신호가 가는 소리가 들려오고 곧 영석의 목소리가 들려왔다.

"여보세요?"

"아 CP님. 저 손린입니다."

"아, 이사님! 오랜만이네요. 건이 바꿔 드리겠습니다, 잠시만요."

잠시 건을 찾는 소리가 들리고 수화기 넘어 시끄러운 소리가 들렸다. 잠시 시끄러운 소음을 들으며 기다리던 린의 귀에 건의 목소리가 들렸다.

-여보세요? 이사님?

"네, 건 씨. 어딘데 그렇게 시끄러운가요?"

-아, 지금 현장에 나와서 일하고 있었어요. 잠시만요, 조용한 곳으로 갈게요.

린이 전화기를 스피커폰으로 돌린 후 수화기를 내려놓고 기다렸다. 점점 소음이 멀어지고, 조금 조용해졌다 싶을 때 다시 건의 목소리가 들려왔다.

-휴, 이사님 들리세요?

린이 의자에 앉은 채 테이블에 팔을 걸치고 전화기 쪽에 가까이 붙으며 말했다.

"네, 잘 들립니다."

-하하, 죄송해요. 이쪽은 아직도 복구 작업이 한창이라서요. 무슨 일 있으세요?

"오늘이 경매 낙찰 일이에요. 관심 좀 가져요, 건 씨."

-아? 벌써 그렇게 됐나요? 하하 죄송해요.

"아니에요, 그쪽이 훨씬 건 씨 다우네요."

-하하, 네 어떻게 되었나요?

"상위 세 기업의 낙찰이 확정되었습니다."

-아, 다행이네요. 언제 촬영하면 되죠?

"글쎄요, 계약 후에 조율해야겠죠. 그런데 액수는 안 물어보나요?"

-어련히 알아서 좋은 가격을 받으셨겠죠, 뭐. 그래도 물으시니까 궁금해지긴 하네요. 얼마에요?

"먼저 어떤 곳이 낙찰받았는지가 궁금해야 하는 것 아닌가요?"

-푸홋, 네 어디인데요?

"3위는 한국의 통신가 SJT입니다. 2위는 독일의 메르시 반츠고요."

-반츠요? 자동차 회사 말씀이세요?

"네 맞습니다. 고급 브랜드이기 때문에 범죄자들이 가진 자에 대한 열등감과 상실감 때문에 공격하는 부자들의 차량 타깃이기도 하지요. 이번에 그런 이미지를 벗기 위해 입찰한 것 같습니다."

-아……. 그렇군요, 한국은 핸드폰 통신사이고, 1위는 어디예요?

린이 잠시 뜸을 들인 후 말했다.

"1위는 기업이 아닙니다, 건 씨."

-예? 그럼 민간단체인가요? 민간단체는 그정도 돈이 없지 않아요?

"국가입니다. 건 씨. 미국이에요."

-예? 미국이요?

"네, 아마도 세계의 보안관을 자처하는 나라라, 어차피 네팔에 기부할 돈을 그대로 건 씨에게 돌린 것 같습니다. 건 씨에게 주어도 90%는 네팔에 전달될 것이니까요. 그럼 그들은 10%의 돈으로 세계인들 앞에서 미국의 가치를 끌어올릴 수 있겠죠."

-음……. 복잡하네요. 그런데 국가가 무슨 광고를 찍어요? 공익 광고 같은 건가요?

"그렇게 쓰여 있긴 합니다만, 어떤 공익 광고인지는 안 쓰여 있습니다. 낙찰 공개 후 계약 조율 시 이 부분은 알려 드릴게요."

-네, 이사님. 잘 부탁드릴게요.

"그럼 이제 얼마인지도 물어보셔야죠?"

-하하, 예 얼마인가요? 4억? 아니 린 이사님이 직접 뛰셨으니 기준가보다는 많겠네요. 건당 5억쯤 되려나요?

"180억입니다. 한화로요."

-……예?

"180억입니다, 건 씨."

-그게 무슨…… 180억이요? 농담하시는 건가요?

"그 금액이 맞습니다. 기업의 입장에서는 브랜드 마케팅을 위해 사회공헌 활동 기금을 따로 조성해 둡니다."

-…….

"이번과 같이 큰 사건이 터질 때 기부를 하고 사람들에게 블랙 컴퍼니가 아님을 지속적으로 알려서 브랜드 이미지를 끌어올리는 작업을 하거든요. 그 돈으로 광고를 찍고, 그 광고가 나가게 되면 자연스레 사람들에게 저 회사의 제품을 사면 나도 네팔 구호 활동에 한몫 거들었다는 느낌을 주게 되겠죠. 또 이런 좋은 일을 하는 착한 기업이라는 이미지도 심어주고요. 그래서 금액이 엄청난 겁니다."

-아…… 예……. 그래도 이건 액수가 너무 커서 감당이 안 되네요. 제가 그만한 값어치를 해낼 수 있을지도 미지수고…….

"지금 건 씨의 세계적 입지는 충분합니다. 또 현재의 재난 특수 상황까지 한몫하죠."

-그렇군요……. 아 머리가 좀 복잡해지네요. 일단 알겠습니다, 이사님. 또 연락 주세요.

"건 씨……. 180억은 3위 기업이 제시한 단일 금액입니다."

-……예?

♪♪

세 시간 후, 프랑스 파리에 소재한 샤를리 브리옹(Charlie Brion) 신문사.

두 명의 기자가 자리에 앉아 끊임없이 노트북의 새로 고침 버튼을 누르고 있었다.

그중 대머리에 뿔테 안경을 쓴 남자가 옆의 기자를 보며 물었다.

"올리비에, 그쪽은 어때? 접속돼?"

올리비에라고 불린 남자는 검은 중 단발을 스프링 머리띠로 뒤로 넘긴 남자였다. 올리비에는 손톱을 물어뜯으며 노트북의 키보드가 부서져라 F5를 연타하고 있었다.

"아니, 전혀. 너도 안 돼, 브뤼노?"

브뤼노가 한숨을 쉬며 고개를 끄덕였다.

"어, 이거 혹시 중국 내부 기자들한테 먼저 공개하려고 일부러 이러는 거 아닐까?"

"말이 되냐? 이거 트래픽 과부하야. 내가 알기로 팡타지오 서버는 AWS를 이용한다고. 자체 서버나 IDC 서버를 이용하지 않아. AWS는 중국 서버가 아니잖아, 올리비에."

"그래? 아…… 서버 쪽은 잘 몰라서……. 어쨌든 이거 우리만 이런 거 아니란 거지?"

"응, 전 세계가 동일한 현상일 거야. 사실 이해는 되지. 우리처럼 다른 기자들도 똑같은 짓 하고 있을 거 아냐."

"아……. 만에 하나 다른 곳보다 기사 늦으면 뱅썽 부장님이 우릴 죽이려고 할 텐데……."

"그래서 이렇게 미친 듯이 누르고 있잖냐. 오늘 석간에 바로 실으려면 제시간에 봐야 하는데……."

우당탕! 쾅!

갑자기 들려오는 굉음에 브뤼노와 올리비에가 놀란 듯 고개를 들었다. 두 사람의 눈에 문 앞에 있는 책상의 책이 다 쓰러져 있고, 거기 걸려 넘어진 듯한 남자가 바닥을 구르고 있는 것이 보였다.

"뭐야, 프랑수아? 뭐가 급하길래 책상까지 쓰러뜨리면서 그 난리야?"

프랑수아가 무릎을 잡고 바닥을 굴러다녔다.

"끄아아아! 내 다리, 내 다리! 잘 붙어 있어, 올리비에? 끄아 아악!"

올리비에가 황당하다는 눈빛으로 일어서 프랑수아를 내려 다보았다.

"그래, 너희 엄마가 주신 몸뚱어리에 그대로 잘 붙어 있다. 뭐 하는 거냐고?"

프랑수아가 자리에서 벌떡 일어나며 손을 마구 휘둘렀다.

"마, 맞아! 고, 공문이 왔어! 팡타지오에서!"

"뭐? 어디, 어디?"

프랑수아가 문밖을 가리키며 말했다.

"부장님이 지금 보고 있어! 빨리 가자!"

셋은 부리나케 뛰어 뱅썽 부장실로 갔다. 부장실의 문이 열려 있고, 여러 명의 직원이 팩스 한 장을 들고 있는 부장에게 주목하고 있었다.

뱅썽 부장은 잠시 서류를 보더니 외쳤다.

"자! 석간에 내보내야 하니, 바로 시작합시다!

소리를 치며 압정을 꺼내 서류를 부장실 문에 붙인 뱅썽이 문을 닫자, 직원들이 문 앞으로 우르르 몰려들었다. 올리비에

와 브뤼노 역시 기자들 사이에 섞여 공문을 읽었다.

직원들에 밀려 서류를 읽지 못한 프랑수아가 외쳤다.

"아! 나도 좀 봅시다! 브뤼노 좀 읽어 줘봐!"

브뤼노가 서류에서 눈을 떼지 않은 채 턱을 쓰다듬으며 조금 큰 소리로 서류를 읽기 시작하자, 서로를 밀어대며 비집고 들어가려던 다른 기자들이 몸싸움을 멈추고 브뤼노의 말에 귀를 기울였다.

"먼저 저희 팡타지오는 여러분이 많은 관심과 사랑을 보내 주신 덕에 무사히 입찰을 마쳤음에 감사의 인사를 올립니다. 아울러 뜨거운 관심과 사랑에 미리 대비하지 못하고 서버 트래픽 과부하로 공문으로 결과를 전해드리게 되어 불편함을 끼친 점에 대해 사과드립니다."

브뤼노가 숨을 고른 후 다시 글을 읽어 내려갔다.

"이번 경매에서 낙찰된 곳은 3위 한국의 SJT 그룹, 2위 독일의 메르시 반츠, 3위⋯⋯ USA government? 뭐야, 미국 정부가 1위 낙찰이라고? 국가가 움직였어?"

기자들이 브뤼노의 말을 듣고 웅성거렸다.

브뤼노가 충격을 받은 듯한 올리비에를 힐끗 본 후 다시 서류를 읽기 시작했다.

"낙찰 금액은 광고주인 회사의 동의 없이 공개하지 않습니다. 기본 사항에 대해 이미 제시된 부분이 있지만, 세부 내용의 조율이 필요합니다. 만약 낙찰된 기업이나 국가와 세부사항이 조율되지 않는 경우, 다음 순위 기업과 계약할 수 있으니 참고 부탁드립니다. 감사합니다."

기자들이 브뤼노의 말이 끝나자마자 부리나케 자리로 돌아가 기사를 쓰기 시작했다.

흩어지는 기자들을 멍하니 보고 있던 올리비에가 브뤼노에게 물었다.

"기업도 아니고 국가가 무슨 광고야? 공익 광고인가? 그런데 공익 광고에 이렇게 돈을 많이 쓰는 건 무슨 이유지?"

브뤼노가 고민스러운 눈으로 답을 하지 않자, 프랑수아가 말했다.

"미국이잖아, 세계 시장에서 입지를 굳히겠다는 거겠지. 안 그래도 요새 막강해지고 있는 러시아와 새롭게 떠오르는 중국 때문에 걱정 많은 나라니까."

팡타지오의 발표는 공문이 전달되고 15분이 지나기도 전에 인터넷을 통해 일파만파 퍼져나갔다.

또, 공문 발표 네 시간 후에 팡타지오의 클라우드 펀딩에 대한 공식 발표가 나자, 밤늦게까지 기사를 쓰는 기자들의 손이 바빠졌다.

팡타지오는 클라우드 펀딩 규모를 2억 9천 9백 4십 5만 위

안으로 잡고, 그중 50%를 팡타지오가 부담한다는 뉴스를 발표했다.

팡타지오가 발표한 액수는 한화 500억 규모로, 그중 반을 팡타지오가 부담한다는 것은 이번 경매의 수익금 중 팡타지오의 몫인 30%가 250억을 넘는다는 것을 뜻하는 것이므로 기자들의 관심은 점점 경매 입찰 금액을 밝히는 것에 집중되었다.

하나, 팡타지오의 관계자들은 누구도 액수에 대해 입을 열지 않았다.

팡타지오가 입을 다물자 오히려 기업들의 몸이 달았다. 단지 광고 계약을 한 것이 아니라, 네팔 대지진의 구호 자금을 보내는 차원에서 계약한 것이기에 액수가 밝혀져야 더 큰 브랜드 마케팅 효과가 생기기 때문이다.

결국, 한국의 SJT가 가장 먼저 기자들에게 액수를 공개했고, 이것은 세계인들에게 충격으로 다가왔다.

[한국 통신업체 1위 SJT 김 건과 180억에 광고 계약 체결!]

[서울=뉴스에스] 강한서 기자

한국 통신업체 1위, 재계 순위 6위의 대기업 SJT가 네팔 대지진 현장에서 유니체프의 홍보 대사에 임명된 김 건과 한화 180억(USD 1,573만)에 6개월 단발 광고 계약을 체결했다. 관계자는 네팔 대지진의 피해자와 유가족들에게 조금이라도 도움이 되길 바라며 사회공헌활

동의 일환으로 김 건 씨와의 계약을 체결했다고 밝혔다.

　이 금액은 단일 광고 계약으로 있을 수 없는 고액의 계약이지만, 구호 활동이라는 계약의 특수성 때문에 일회성으로 높은 가격이 형성된 것으로 보인다.

　아울러 네팔 현지에서 구슬땀을 흘리며 일하고 있는 김 건 씨의 구호 활동을 방해하지 않기 위해 SJT는 특별 촬영팀을 네팔 현지에 파견하여 광고 촬영을 할 예정이라고 밝혔다.

　한국에서 터진 뉴스는 한 시간도 지나지 않아 세계의 뉴스 채널에 보도되었고, 세계는 천문학적인 액수에 크게 놀랐지만, 팡타지오와 김 건의 몫 중 90%를 기부한다는 전제가 있었기에 웃으며 이를 지켜볼 수 있었다. 그 날 저녁 SJT의 뉴스에 자극을 받은 메르시 반츠가 계약 기사를 올렸다.

　[세계 1위 자동차 기업, 메르시 반츠. 케이와 3,420만 달러에 광고 계약 체결 확인!]

　한화 약 390억 규모의 계약에 특히 한국인들은 벌린 입을 다물지 못했고, 월드컵과 같이 새벽까지 기사를 검색해 보는 사람들이 많아졌다.

　모두는 김 건이 해내고 있는 일에 대해 열광했고, 그것은 다음 날 아침 미국 정부의 정식 발표로 인해 폭발했다.

   [미국 정부, 케이와 7천만 달러 계약 체결 발표!]

   [Oh my God! 케이, 세 건의 계약으로 1억 2천만 달러 계약, 세계인의 경악!]

   [10% 수익을 가져간 케이의 몫만 천만 달러 이상!]

   [팡타지오 클라우드 펀딩 목표 금액 도달, 네팔에 5천만 USD 기부.]

   [케이, 5% 수익으로 충분하다! 남은 10% 중 5% 추가 기부 결정. 현세의 천사.]

  전세계가 충격적이면서도 따뜻한 뉴스에 열광했고, 린은 빠르게 움직였다. 세 곳과의 계약 조율을 마친 후 사안의 특수성을 감안하여 선입금을 받은 후 즉시 유니체프의 담당자와 연결하여 네팔 정부가 아닌 후원단체를 통해 직접적인 필요 물자 공급에 나섰다.

  엄청난 수의 물자가 배를 타고 네팔로 배송되었고 이는 다시 헬기와 트럭으로 고르카 마을 현지로 배달되어졌다.

  이것은 실시간으로 뉴스 채널을 도배하였고, 네팔 현지인들도 케이의 이름을 모르는 사람이 없어졌다.

건은 배송이 오는 물건들을 멀리서 보며, 그저 웃음만 지었다.

영석이 유니체프의 마크를 단 수많은 박스들이 밀려오는 것을 촬영하며 건에게 물었다.

"서운하지 않아? 박스에 전부 유니체프 로고만 있는 거 말이야. 네 이름 한 줄 정도 적어줘도 좋았을 텐데."

건이 멀리 유니체프 직원들이 부산하게 움직이며 옮기는 박스를 보며 작게 웃었다.

"티 내려고 한 건 아닌데, 엄청 티가 나는 바람에 지금도 민망해요. 저 박스에 제 얼굴이라도 박혀 있다면 전 아마 부끄러워서 한국으로 돌아갔을 걸요? 하하!"

"하긴 박스에 얼굴이나 이름 찍혀 있으면 나라도 민망할 것 같긴 하다, 킬킬."

건이 잠시 직원들을 바라보다 문득 물었다.

"채은 누나는요?"

"어, 아침에 위성 전화로 자기네 사장이랑 통화하는 건 봤는데, 아마 또 학교 쪽에 가서 일 돕고 있겠지."

"그 누나 다음 스케줄 없대요? 저야 뭐 백수니 여기 계속 눌러앉아 있어도 상관없지만, 누나는 활동 중이잖아요."

"어, 아침에 그것 때문에 통화하는 것 같더라. 그런데 화제

만들기라면 여기 계속 있는 게 더 이득이잖아. 이미지도 더 좋아질 수 없을 만큼 치솟았고 말이야. 안 그래도 원래 오기로 했던 걸그룹 쪽 기획사 대표가 좋은 기회 놓쳤다고 배 아파하더라고, 하하."

"형은요? 형은 다음 프로그램 안 해요?"

"미쳤냐? 지금 히말라야의 노래 시청률이 얼마인지 알아? 30%가 넘었어, 인마. 케이블 TV는 2%만 넘어도 대박인데, 공중파 인기 드라마보다 시청률이 높은 프로그램을 놔두고 내가 어딜 가냐? 어떻게든 너 붙잡고 한 회라도 더 찍으란다, 대표님이. 크하하!"

"하하, 그래요? 다행이네요."

영석이 웃고 있는 건의 옆모습을 빤히 보다 말했다.

"근데, 수염 좀 깎지 그러냐, 이미지 관리 좀 해야지, 그게 뭐냐? 면도 언제 한 거야, 도대체?"

건이 덥수룩하게 수염이 나 마치 산에서 수행하는 사람 같아진 얼굴을 매만지며 웃었다.

"됐어요, 여기서 누구한테 잘 보일 생각도 없고, 면도할 시간에 잠이나 더 자는 게 좋아요."

"에혀, 연예인으로 자각을 좀 가져라. 너 스스로 아직 연예인이 아니라고 생각하면 뭐해? 남들은 다 널 공인으로 생각하는데. 너 나중에 흑역사로 남는다 이거."

"남으라죠 뭐, 연기나 모델로 살 것도 아닌데요, 뭐."

그 후로도 잠시 영석의 설득이 계속 되었지만 건은 웃으며 고개만 저었다.

영석이 설득하는 것에 지쳐갈 때쯤 붉은 가사를 입은 승려 30여 명이 현장으로 다가오고 있는 것이 보였다. 영석이 눈을 동그랗게 뜨며 말했다.

"어? 저기 저 맨 앞에. 하일케 큰 스님 아니야?"

"예? 어디요?"

건의 눈에 승려들의 맨 앞에서 걸어오고 있는 하일케가 들어왔다.

건이 달려가 합장을 하며 인사했다.

"아니, 큰 스님! 이 먼 곳까지 어쩐 일이세요?"

하일케가 이전과 다르게 합장을 하며 몸을 깊숙이 숙였다. 그의 합장한 손이 다리에 닿을 듯 허리를 꺾은 하일케가 말했다.

"옴마니 반메홈. 모든 라마들의 구루(Guru)에게 인사 올립니다."

"예? 구루요? 그게 뭔데요?"

"달라이 라마께서 케이에게 모든 라마의 스승인 구루의 호칭을 내리셨습니다."

입을 떡 벌린 건에게 재빨리 카메라를 들이민 카메라 감독에게 방금 하일케가 한 말이 잘 담겼는지 확인한 영석이 옆에서 물었다.

"저…… 스님. 라마들의 스승이라는 것이 무슨 뜻인지요? 그리고…… 딜라이 라마라는 것이……. 제가 아는 그 딜라이 라마 맞습니까? 티베트 불교에서 신적인 존재를 말하는 것인가요?"

하일케가 크게 손을 들었다가 합장을 하며 다시 한번 존경심을 표했다.

"예, 맞습니다. 관음보살의 화신으로 환생을 거듭하는 딜라이 라마를 말함이 맞습니다."

영석이 입을 떡 벌리고 건을 보자, 건이 정신을 차리고 말했다.

"제, 제게 딜라이 라마가 직접 호칭을 주셨다고요?"

"네, 맞습니다. 모든 티베트 불교 신자들은 앞으로 케이에게 구루에 상응하는 예를 보일 겁니다."

하일케가 뒤에 도열한 라마승들을 보며 말했다.

"구루에게 예를 드려라!"

하일케의 명령이 떨어지자마자 서른 명의 라마가 일제히 합장을 하며 허리를 숙였다.

"가쵸가 인정한 구루에게 붓다의 은총이 있으시길."

건이 정신없이 허리를 숙이며 합장한 채 외쳤다.

"저는 그런 대단한 사람이 아닙니다, 스님들! 제발 이러지 마세요."

라마들이 갑자기 자리에 무릎을 꿇고 앉기 시작했다. 건과 영석이 당황하며 그들을 보자, 하일케가 가장 마지막에 자신의 붉은 가사를 펄럭이며 무릎을 꿇고 외쳤다.

"세상의 모든 라마의 스승께 존경을!"

하일케는 크게 고함을 지른 후 양 손바닥을 위로 보이게 한 후 이마를 바닥에 댔다. 그러자 서른 명의 라마들이 같은 자세를 취하며 한 목소리로 외쳤다.

"세상의 모든 라마의 스승께 존경을!"

건이 멍한 표정을 짓고 있었지만, 라마승들이 등장하는 때부터 건에게로 돌려진 수많은 외신 카메라는 정신없이 플래시를 터뜨리고 있었다.

영석이 재빨리 정신을 차리며 카메라를 체크했다. 카메라 감독은 입을 떡 벌리고 있는 와중에도 모니터를 보며 촬영을 진행하고 있었다.

건이 황급히 하일케에게 다가가 팔을 잡고 일으키려 했다.

"이러지 마세요, 큰 스님. 어서 일어나세요."

하일케가 건을 올려다보며 미소를 지었다.

"역시 딜라이 라마의 말씀이 옳았습니다. 당신은 붓다가 인세에 보낸 보살임에 틀림이 없습니다."

하일케가 건의 손에 의해 일으켜 세워졌지만, 여전히 서른 명의 라마승들은 이마를 바닥에 댄 채 미동이 없었다.

당황한 표정으로 그들을 보던 건이 하일케에게 말했다.

"큰 스님, 이분들 좀 일어나시라고 해주세요. 저 너무 불편해요!"

하일케가 미미하게 고개를 끄덕인 후 외쳤다.

"구루께서 일어나라 하신다."

라마승들은 일언반구 없이 즉시 자리에 일어났다.

라마승들이 자리에서 일어나자 식은땀을 닦은 건이 하일케에게 말했다.

"이러지 마시고, 차라도 끓여 올 테니 잠시 베이스 캠프로 가시죠, 좁아서 다들 잔디밭에 앉으셔야겠지만요……."

"붓다의 은총 아래 잔디밭이 아니라, 그 어딘들 평화로운 곳이 아닐 수 있겠습니까. 그저 차 한잔을 내어주신다면 일생에 영광으로 알겠습니다, 구루."

"제, 제발요, 큰 스님. 구루라고 좀 부르지 마세요."

"허허, 딜라이 라마께서 지시하신 일을 제가 어찌 지키지 않겠습니까, 허허."

"휴……. 하여튼 가시죠. 다른 스님들도 함께 오세요."

건은 스님들을 베이스 캠프로 안내했다.

베이스 캠프는 꽤 큰 10인용 텐트였지만 서른 명이 넘는 스님들을 수용할 수 없었기에 텐트 앞에 있는 잔디밭에 빙 둘러

앉은 스님들에게 부산하게 차를 끓여 대접하는 건을 촬영하던 영석이 AD에게 말했다.

"야, 이거 방송 나가면 대박이겠지? 미리 구루가 뭔지 알아보고 자막 깔아. 현재 딜라이 라마 사진 합성하고."

"예 CP님. 안 그래도 메모해 놨습니다. 어? 그런데 저기 또 뭐가 오는데요? 헉! 저, 저게 뭐야!"

"왜? 또 뭐길래? 헉!"

영석과 AD의 눈에 고르카 마을의 입구에서 올라오는 사람의 파도가 보였다

언뜻 보아도 몇천 명은 가뿐히 넘어 보이는 네팔리들이 손에 닭이나 떡 같은 음식물과 보자기에 싼 물건들을 짊어지고 고르카 마을로 올라오고 있었다.

건이 스님들에게 차를 다 돌리고 나서 하일케의 옆에 앉자 하일케가 멀리 올라오는 사람들을 가리키며 말했다.

"저기 티모가 오는군요."

"예? 티모 촌장님이요? ……헉?"

떼거지로 몰려오는 사람들의 맨 앞에 지팡이를 든 티모가 보였다. 티모는 베이스 캠프 앞에 앉아 있는 건을 보더니 반색하였으나, 곧 옆에 앉은 하일케를 보며 인상을 찌푸렸다.

손을 들어 이동 중인 사람들을 멈춰 세운 티모가 홀로 베이스 캠프 앞으로 왔다. 티모는 잠시 바닥에 앉아 있는 하일케를

인상 쓴 얼굴로 째려보다가 건에게 허리를 숙였다.

"데바시여, 티모가 왔습니다."

건이 벌떡 일어나 허리를 숙인 티모를 일으켜 세웠다.

"촌장님까지 왜 이러세요? 일어나세요."

티모는 허리를 세운 후 하일케를 째려보며 네팔어로 말했다.

"산에 사는 중놈이 여긴 무슨 일인가?"

하일케가 허허롭게 웃으며 차를 한 모금 마셨다.

"구루께서 내어주신 차 한잔 얻어 마시고 있었네. 그러는 자네는 여기 무슨 일인가? 자네의 마을은 이곳에서 아주 멀지 않는가?"

티모가 지팡이를 땅에 찧으며 말했다.

"네놈 동네나, 우리 동네나 거기서 거기다 중놈아. 힌두의 데바께 구루라니! 딜라이 라마의 아래로 보는 것이냐!"

"허허, 나야 딜라이 라마의 지시로 움직였을 뿐. 판단은 하지 않았다네."

티모가 무서운 눈으로 하일케를 노려보자, 알아듣지 못했지만, 분위기가 이상함을 느낀 건이 나섰다.

"티모 촌장님. 멀리까지 오셔서 왜 그러세요. 자, 여기 앉으세요. 차를 내어 드릴게요."

티모는 건의 말에 눈 녹듯 표정을 풀며 웃었다.

"데바! 네팔을 구원해 주셔서 정말 감사합니다. 브라흐마의 자식들은 데바께 무한한 감사를 드립니다."

건이 손사래를 치며 말했다.

"저 데바 아니라니까, 그러세요. 여기 앉으세요, 촌장님. 얼른 차 끓여 올게요."

티모에게 자리를 내어 준 건이 차를 끓이기 위해 텐트 안으로 들어가자 다시 가라앉은 표정으로 바뀐 티모가 하일케에게 말했다.

"데바에게 붓다의 손을 잡게 하지 마라, 브라흐마의 사자시다."

하일케가 인자한 웃음을 지으며 말했다.

"허허, 인간들이 어찌 신의 뜻을 알꼬? 그저 붓다께서 정해주신 운명대로 살면 될 것을."

티모가 역정을 내며 앉은 채로 지팡이를 휘둘렀다.

"이 망할 중놈들이 어디 우리 데바를 노려? 당장 돌아가라, 이놈들아!"

티모는 역정을 내다 차를 가져오는 건을 보고는 지팡이를 뒤로 숨기며 점잖게 앉았다. 그 모습을 보던 하일케가 웃음을 짓자, 그것을 본 건이 두 사람이 화해한 것으로 생각하고 웃으며 티모에게 차를 내밀었다.

"촌장님, 화해하셨나 보네요. 보기 좋아요. 자, 여기 차 가져왔어요."

"감사합니다, 데바."

"아참, 데바 아니라니까요."

건이 자리에 앉아 티모가 차 한 모금을 마시는 것을 기다렸다 말했다.

"데우렐리에서 여기까지 차로 와도 하루는 걸리는 먼 길인데, 어쩐 일이세요, 촌장님?"

티모가 멀리 공손한 자세로 기다리고 있는 수천의 사람들을 보았다. 엄청난 수의 사람들이 모였음에도 그들은 어떤 소리도 내지 않고 시종일관 눈을 내리깔고 경건한 자세로 기다리고 있었다.

"지진이 나고, 데바께서 온 힘을 다해 네팔리를 돕고 계시다는 것을 들은 즉시 출발했습니다. 걸어오는 길에 저리도 많은 네팔리들이 네팔의 구원자인 데바의 존안을 뵙고 싶다는 이유로 따라붙었지요. 그렇게 다같이 걸어오다 보니 이제야 도착했습니다."

건이 눈을 크게 뜨고 물었다.

"예? 거기서부터 걸어오셨다고요? 그 먼 곳에서요?"

"허허, 예. 그렇습니다."

건이 고개를 돌려 수천의 사람들을 보았다.

"저…… 저분들이 전부 절 보러 오신 거라고요?"

고개를 끄덕인 티모가 자리에서 일어나 지팡이를 들며 외쳤다.

"데바께 인사를 올려라."

티모의 말이 떨어짐과 동시에 한 아주머니가 보자기에 싼 물건을 들고 조심스레 다가왔다.

그녀는 라마승과 티모의 사이에 앉아 있는 건의 앞에 와서 무릎을 꿇고 공손한 모습으로 보자기를 바쳤다. 영문을 모르겠다는 얼굴로 보자기를 받은 건이 멀뚱히 그녀를 보자, 무릎을 꿇은 그녀가 말했다.

"네팔의 구원자여, 네팔리의 구원자여. 당신을 찬양합니다."

손을 모으고 말하는 그녀의 눈망울에 눈물이 그렁그렁해졌다.

건이 당황하며 그녀를 일으켜 세우려 하자 티모가 말리며 나섰다.

"그냥 두십시오, 데바. 네팔을 도와주신 것에 대해 고마움을 표하는 것입니다."

그녀는 티모가 슬쩍 고갯짓하자 조심스럽게 일어나 등을 보이지 않고 뒤로 걸어 물러났다.

건이 그녀가 준 분홍 보자기를 들며 물었다.

"이건 뭐예요?"

"고마움의 표시겠지요. 아마 집에 있는 물건이나, 가축, 음식들을 주는 것일 겁니다."

건이 입을 떡 벌리고 아직 기다리고 있는 수천 명의 사람이 손에 든 물건들을 보았다.

"서…… 설마 저분들이 이런 걸 하나씩 다 주신다고요?"

티모가 인자한 웃음을 지으며 고개를 끄덕였다. 그 날 건은 태어나 가장 많은 선물을 받았다. 베이스 캠프 안은 건에게 안겨주고 간 네팔리들의 선물이 가득 차 한 사람도 들어갈 수 없을 지경이었다.

사람들은 건에게 한 사람씩 다가와 선물을 주고 신께 건의 앞날에 축복이 가득하길 빌었다. 그리고 그들은 선물을 주고 난 후에도 자리로 돌아가 모든 네팔리의 선물이 전해지는 것을 지켜보았다.

세 시간이 넘는 시간 동안 진땀을 빼며 네팔리들을 상대하던 건을 본 티모가 대략 모든 선물이 전해진 것 같자 자리에서 일어나 그들의 앞에 서서 건을 돌아보았다.

건이 마지막으로 받은 살아 있는 닭을 옆에 놓으며 자리에서 일어나자, 티모가 하늘로 양손을 높게 들더니 바닥에 엎드리며 외쳤다.

"네팔의 구원자, 천신의 앞날에 브라흐마의 축복이 가득하길."

티모가 큰소리로 외치자, 수천의 네팔리가 황급히 함께 엎드리며 외쳤다.

"네팔의 구원자, 천신의 앞날에 브라흐마의 축복이 가득하길."

수천 명이 떼 지어 건에게 절을 하는 영상을 드론으로 공중 촬영하던 카메라 감독이 중얼거렸다.

"뭐야……. 진짜 건 씨가 신이라고 생각하는 건가, 이 사람들은?"

그의 카메라에 엉거주춤한 자세로 함께 맞절을 하고 있는 건의 당황한 얼굴과 허허롭게 웃고 있는 하일케의 모습이 담겼다.

지진 피해로 무너진 집들 사이에 오랜만에 웃음꽃이 피었다. 건이 네팔리들이 선물해 준 음식과 가축들을 처치하기 곤란하다는 이유로 잔치를 열었기 때문이다.

티모와 함께 온 네팔리 중 많은 사람이 남아 잔치 준비를 도왔다. 유니체프뿐 아니라 다른 후원 단체 사람들까지 모두 학교 운동장에 초대한 건은 환자들에게 영양가 높은 음식을 먼저 양보하는 한편 수고한 자원 봉사자들에게 맛있는 음식을 아낌없이 베풀었다.

사람들이 먹고 마시며 휴식을 취하는 동안에 자신이 연 잔치에 도움을 주려 남은 네팔리들을 돕던 건에게 채은이 다가와 양고기 한 덩어리를 내밀며 말했다.

"건아, 너도 좀 먹고 해. 이거 맛있어."

건이 웃으며 채은이 입에 넣어주는 고기를 먹으며 말했다.

"고마워 누나. 누나도 많이 먹었어?"

채은이 손에 묻은 고깃국물을 입에 넣고 빨며 웃었다.

"응, 많이 먹었지. 야, 너 면도 좀 하고 살아라. 잘 생긴 우리 건이 얼굴이 이게 뭐야?"

건이 네팔 아주머니가 공손히 전해주는 음식 접시를 받아들며 손사래를 쳤다.

"됐어, 여기 계신 분들 다 이러고 사는데, 나만 깔끔한 게 더 이상해."

채은이 고개를 절레절레 흔들며 건이 든 접시를 빼앗아 들었다.

"하여간, 이리 줘. 난 먹을 만큼 먹었으니까 내가 할게. 넌 가서 밥 좀 먹어."

건이 접시를 들고 쪼르르 사람들에게 배달하고 있는 채은을 보며 웃었다. 건의 눈에 사람들이 음식을 먹고 있는 것을 촬영하는 스탭들이 들어왔다.

'영석이 형이랑 스탭 형들 식사도 지금 미리 좀 챙겨놔야겠다.'

건이 네팔리에게 부탁해 10인분가량의 음식을 빼 베이스 캠프에 가져다 두고 돌아오니 기자들이 학교 입구에 서서 사진을 찍고 있는 것이 보였다.

건이 그들에게 소리쳤다.

"촬영하실 만큼 하셨으면 들어와 음식 좀 드세요, 여러분!

음식이 너무 많이 남아서 다 썩어요!"

기자들에게 건의 마음이 전해졌는지 가벼운 농담에 웃음을 흘린 그들이 학교로 들어왔다. 새로운 무리가 잔치에 합류하자 일을 하던 아주머니들이 부산하게 오가며 음식들을 나르기 시작했다.

기자들은 그것이 못내 미안했는지 직접 일어나 음식을 퍼와 자리에 앉아 먹기 시작했다.

잔치가 무르익어 가고 울던 아이들이 기분 좋은 얼굴로 잘 익은 염소 고기의 뒷다리를 잡은 채 뛰어다니는 것을 흐뭇한 표정으로 보고 있던 케빈이 건을 보았다.

건은 무엇이 그리 좋은지 연신 웃음을 지으며 한 남자아이를 끌어안고 놀아주고 있었다. 말도 통하지 않는 아이와 무슨 이야기를 그리 즐겁게 하는지 아이와 건의 얼굴에는 웃음이 가득했다.

케빈의 시선의 끝에 건이 있는 것을 본 세라가 다가와 말을 걸었다.

"정말…… 저런 사람이 존재하네요. 아무것도 바라지 않고 주기를 원하는 사람이."

케빈이 고개를 미미하게 끄덕이며 말했다.

"사람이란 존재는 남을 도우며 자신의 만족감을 얻는다. 그 만족감 때문에 봉사를 그만두지 못하는 사람도 많지. 케이 역시 지금 느끼는 저 감정이 주는 만족감에 취했을 거야. 그것이 앞으로도 이어지길 빌어야지."

"단순히 만족감 때문이라고는 설명이 되지 않아요, 본부장님. 아까 봤죠? 라마숭들이나, 힌두교인들이 케이를 어떻게 대하는지. 마치 그들이 모시는 신의 대리자처럼 대하던데요."

"그래, 단순히 종교적인 입장이 아니라, 네팔 사람들이라면 케이에게 감사하지 않을 수 없는 상황이 됐지. 내가 말실수를 했군. 단지 스스로의 만족감 때문이었다면 이렇게까지 존경을 받을 수는 없었을 거야."

"케이는 언제 돌아간 데요?"

"글쎄? 뉴스 보니까 광고도 다 여기서 찍는다고 하던데. 좀 더 있겠지."

"대단하네요. 벌써 두 달이 넘었잖아요? 저 수염 좀 봐요. 산에서 수행하는 사람 같아 보여요."

"그래, 저 덥수룩한 수염을 보면 난 반성을 하게 되더라."

"무슨 반성이요?"

"케이가 면도를 하지 않는 이유 알아?"

"아뇨? 그냥 여기서는 굳이 꾸밀 필요가 없으니 그런 거 아니었어요?"

"아냐, 저기 카메라 안 보여? 여기서 하는 일들 전부 방송 나가고 있어. 한국에서."

"예? 그런데도 저러고 다녀요? 저게 어디 연예인 모습이에요?"

"그래. 나도 그래서 물어본 적이 있지."

"뭐래요?"

"모든 살아 있는 것들을 되살리려 노력하는 시기에, 신이 준 무언가를 없애는 것이 싫다고 하더군."

"그게 무슨 말이에요?"

"아마도…… 어떤 기우가 아닐까 생각이 들어. 자신이 살아 있는 무언가에 손을 대면, 지금 되살리려는 네팔에게 조금이라도 해가 갈까 봐."

세라가 충격을 받은 얼굴로 건을 돌아보았다. 세라의 눈에 남자아이를 안고 웃음을 터뜨리고 있는 건의 모습이 저녁 하늘을 배경으로 눈부시게 들어왔다.

그녀는 한참 건을 보다가 케빈에게 말했다.

"대단하군요……. 그런 정도의 마음가짐이라니……. 몰랐어요, 저도 반성하게 되네요."

케빈이 천천히 고개를 끄덕이면서도 건에게서 눈을 떼지 않았다.

"어린 사람이지만, 모든 라마승의 스승이 된 남자, 모든 힌두교인들에게 데바라고 불리는 남자, 세계에서 가난한 자의 천사라고 불리는 남자……. 그것이 지금의 케이야."

세라 역시 건에게서 눈을 떼지 못하고 한참을 바라보다 피식 웃었다.

"훗, 멋지네요. 멋진 사람이에요. 탐이 날 만큼."

케빈이 실소를 지으며 세라를 보았다.

"멋진 남자야. 인정하지. 하지만 말이야, 너무 큰 남자의 옆에 선 여자는 불행해. 자신만 바라봐 주지 않으니까. 적당히 욕심부리라고, 세라."

"피! 제가 대시한다고 해도 쳐다보지도 않을 텐데요, 뭐."

"하하, 그것도 그렇군."

"뭐요? 뭐가 그래욧!"

"아, 실수. 하하."

투덕거리며 웃는 두 사람 외에도 많은 사람의 얼굴에 웃음 꽃이 피었다. 그들을 보는 건의 얼굴에는 더 큰 행복감과 만족감의 웃음이 피었다.

건의 눈에 밤하늘에 어슴푸레 보이는 아름다운 히말라야의 설산이 보였다. 안고 있는 아이의 따스한 체온과 멀리 보이는 아름다운 네팔의 모습, 사람들의 웃음소리, 밝은 사람들의 표정이 하나하나 건의 가슴에 남았다.

며칠 후 광고 촬영을 위해 SJT 그룹에서 촬영팀이 왔다. 그들은 최대한 건의 심기를 거스르지 말라는 지시를 받은 듯 시종일관 조심스러운 태도로 일관하였다.

촬영 역시 미리 철저하게 콘티를 짜 온 듯 여섯 시간 만에 끝을 냈다. SJT는 신형 스마트폰으로 히말라야의 설산을 배경으로 동영상을 찍고 있는 건의 모습과 오지에서도 잘 터지는 핸드폰이라는 컨셉으로 촬영을 진행하였다.

촬영이 종료된 후 그들은 일반적인 경우와 달리 회식도 없이 네팔을 떠났다. 큰 재난을 겪은 네팔에서 세계인의 집중을 받고 있는 건과 술을 마시기에는 그들의 간이 터무니없이 작았기 때문이다.

메르시 반츠에서도 곧 촬영팀을 보냈다. 그들은 신형 모델의 모습은 CG로 대체하기로 하고, 봉사하는 건의 자연스러운 모습만을 담아갔다.

그들은 건이 땀 흘려 일하는 모습 뒤로 신형 모델의 모습을 띄우고, 네팔의 대지진 복구와 함께하는 메르시 기업의 브랜드 마케팅에만 집중하는 듯했다.

건은 생각 외로 어렵지 않게 진행되고 있는 광고 촬영에 만족감을 표하며, 린에게 전화를 걸었다.

"여보세요, 이사님! 건이에요."

-네, 알아요, 건 씨. 오늘 메르시 반츠의 촬영은 잘했나요?

"네, 좀 전에 촬영이 끝났어요, 별로 한 것도 없고 평소처럼 일하는 모습만 담아가더라고요."

-미리 이야기된 것입니다. 그들은 신형 모델보다는 브랜드 마케팅을 하기 원했으니까요.

"그렇군요. 이제 미국 정부에서 요청한 광고만 남았는데, 어떤 광고에요? 공익 광고일 거라는 추측 기사는 많이 봤는데 들은 게 없어서요."

-그게…… 우리도 믿어지지 않아서 몇 번 확인을 해봤는데, 지금 건 씨와 함께 촬영하기 위한 상대가 네팔로 날아가고 있다고 해요.

"아, 그래요? 그럼 포카라 공항 쪽에서 오시겠군요?"

-아마 그렇겠죠.

"유명한 배우가 오시나요?"

-유명하긴…… 엄청 유명한 사람입니다.

"와, 사인받아 둬야겠네요, 하하. 몇 시 비행기 편으로 오세요? 미리 맞을 준비 좀 해두게요."

-그게…… 비행기 시간이 필요하지 않은 것을 타고 가고 있을 겁니다.

"예? 전용기라도 있는 분인가요?"

-전용기가 아니라 에어 포스 원(Air Force One)입니다.

"예? 그게 뭔데요?"

-미합중국 대통령 전용기 에어 포스 원으로 가고 있습니다. 상대역이 현 미국 대통령 해럴드 윈스턴입니다.

"……뭐라고요?"

-미국 대통령이 상대라고 했어요. 우리도 믿기지 않아서 몇 번이나 확인했습니다.

"……미, 미국 대통령이요?"

-네, 맞습니다. 대통령과 직접 공익 광고를 촬영한다고 합니다. 광고의 주제는 '세계를 선도하는 미국과 세계인의 보물 케이의 만남'이라고 하네요. 조율된 조건은 단지 베이스 캠프 앞에 앉아 그와 대화를 하고 그 대화 내용을 토대로 광고로 만든다는 것이에요."

"어, 어어…….."

-물론 대화 내용이 왜곡되지 않도록 우리 쪽에 원본과 방송에 쓰일 영상을 미리 제공하도록 명시되어 있습니다.

"미, 미, 미국 대통령이라니……."

-그리 긴장할 필요는 없어요. 그는 역대 미국 대통령 중 가장 유한 사람이니까요. 그저 동네 아저씨 대하듯 편하게 대하시면 됩니다.

"그게 말이 돼요? 무려 미국 대통령인데……."

-혹시 이상한 유도신문을 하거나 하면 바로 대화를 자르고 저에게 전화하세요. 그 사람의 성격상 케이를 이용해서 뭔가

를 얻어내지는 않겠지만, 혹시 모르는 거니까요.

"네……. 일단 알겠습니다. 고마워요, 이사님."

전화를 끊은 건이 한숨을 쉬고는 바위 위에 앉아 멍하니 초점 잃은 눈을 했다. 멀리서 그 모습을 보던 영석이 카메라 감독을 대동하고 다가왔다. 손린과의 통화는 카메라에 담지 않기로 했기에 조금 멀리 떨어져 있었던 것이었다.

"뭐야, 표정이 왜 그래? 린 이사랑 통화한 거 아니었어?"

건이 멍한 표정으로 말했다.

"형…… 미국 쪽에서 촬영하러 오는 사람이……."

영석이 고개를 갸웃하며 물었다.

"사람이?"

"미국 대통령 해럴드 윈스턴이래요……."

영석이 기겁을 하며 놀랐다. 카메라 감독도 놀랐는지 카메라가 움찔거렸다.

"뭐? 미국 대통령이 네팔까지 오고 있단 말이야?"

건이 힘없이 말했다.

"네……. 그렇대요."

영석이 입을 떡 벌린 채 멍한 눈으로 건을 보았다. 카메라 감독 역시 침을 꿀꺽 삼켰다.

잠시 정신을 차리지 못했던 영석이 한참 시간이 지난 후 말했다.

"이거…… 기자들이 아는 건가?"

건이 고개를 저으며 말했다.

"당사자인 저도 지금 알았는데 그럴 리가 없죠."

영석이 다급하게 물었다.

"우리도 촬영해도 될까?"

"전 상관없는데, 그쪽에서 허락해야 되겠죠?"

"거, 건아! 네가 말 좀 잘해줘라! 한국 예능에 미국 대통령 나오는 순간 시청률 올킬이야! 어? 제발!"

"아, 예……. 말은 해 볼게요. 그런데 확답은 못 해요. 그쪽도 사정이 있을 수 있으니까요."

영석이 건을 안아 번쩍 일으켜 세우며 외쳤다.

"그래! 그거면 된다! 와하하하! 이 귀여운 놈! 예쁜 놈! 으하하!"

♫♪

다음 날 오전.

히말라야의 노래 촬영팀의 베이스 캠프 앞에 정장을 입은 백인과 흑인 경호원들이 들이닥쳤다.

그들은 예의를 잃지 않는 선에서 캠프 주변에 위험 물건이 없는지 확인하고, 캠프가 보이는 언덕이나 심지어 나무 위까지 올라가 점검을 하기 시작했다. 망원경을 들고 저격이 가능한 모든 거리의 산을 살펴본 경호팀장이 무전을 보내고 경호팀들이 2m 간격으로 자리를 잡았다.

직감적으로 헤럴드 윈스턴 대통령이 올 시간이 되었음을 안 건이 긴장된 표정으로 캠프 앞을 지켰다. 카메라 팀은 모두 카메라를 캠프 안에 넣은 후 건과 함께 밖에 설치해둔 의자에 앉아 기다리고 있었다.

건이 초조한 표정으로 경호원들을 보며 영석에게 말했다.

"영석이 형. 해럴드 대통령은 어떤 사람이에요? 전 제대한 지 얼마 안 되어서 모르거든요."

영석 역시 긴장하긴 마찬가지인 듯 손을 쥐었다 폈다 하며 말했다.

"알려지기로는 미국 역대 대통령 중 가장 성격이 유한 사람으로 알려져 있어. 강인한 대통령을 지향하는 미국에서 그런 대통령이 나오기는 쉽지 않았지만, 전 대통령이 비리로 임기 중에 해임되면서 빠르게 재선거가 진행된 덕에 대통령 자리에 앉았다는 이야기가 많지. 하지만 전문가들은 그런 일이 없었더라도 다음 대의 대통령은 그가 됐을 거라고 말하더라."

"그건 왜죠?"

"그는 재계에서 유명했던 인사가 아니야. 인권 변호사 출신이었지. 그것도 흑인들의 인권을 보호하던 변호사 단체의 수

장이었거든. 그뿐 아니라 히스패닉계나 동양계에게도 지지를 받고 있었어."

"그래요?"

"해럴드 대통령이 변호사 시절 뉴스 채널에 미국 국민이라면 모두가 공정한 대우를 받아야 한다는 말을 남긴 것은 유명한 일화였지."

"음……. 그렇군요."

"여하튼 변호사 출신이라 말은 엄청 잘할 거야. 그리고 내가 알기로 대학 시절에 밴드를 했던 것으로 알고 있어."

"예? 대통령이 밴드를요?"

"야, 처음부터 대통령이었냐? 그 사람도 어린 시절이 있었던 거지."

"와 신기하네요, 밴드에서 포지션이 뭐였대요?"

"그것까진 몰라, 기회 되면 물어보던가. 그나저나 대통령 오면 바로 우리 촬영 허가받아 줘야 한다? 약속했어?"

"히힛, 뭐 해주실 건데요?"

"서울 가서 한우에 회에 사 달라는 거 다 사준다!"

"에이……. 그게 뭐예요. 그건 원래 사준다고 했었잖아요."

"뭘 원하냐? 방송국 기둥뿌리라도 뽑아 줄까?"

"히히, 형도 기부해요."

"뭐? 야, 쥐꼬리만 한 월급 받는 나한테까지 그래야겠냐?"

"아니, 거창한 거 말고. 그거 왜 한 달에 3만 원짜리 정기 기부요."

영석이 새삼스러운 눈으로 건을 보았다.

한참 빙긋 웃는 건과 눈을 마주친 영석이 말했다.

"넌 너한테 뭔가 해주는 거보다 남한테 해주는 거 보는 게 더 기분 좋아?"

건이 아니라는 듯 고개를 저었다.

"전혀 아니에요. 저도 남한테 보다 저한테 뭔가 사주는 게 좋죠. 하지만 지금은 달라요. 여기 있는 사람들의 고통을 직접 봤으니까요. 저한테 뭔가 해주시는 건 네팔을 떠난 다음에 해주세요."

"허 참……. 그래 알았다. 월 3만 원이야 뭐, 별 부담도 안 되지. 세금 혜택도 받고 말이야. 어차피 하려고 했어. 여기 와서 이 사람들 모습 보고 나니까, 지금까지 왜 안 했나 싶기도 하고 말이야. 콜이야, 콜! 그럼 딜 성립된 거다?"

"하하, 네 형."

영석 덕분에 긴장을 풀고 웃음을 짓고 있는 건의 눈에 저 멀리 들어오는 고급 세단이 보였다.

차의 본네트에 미국 국기가 휘날리고 있는 것을 본 건이 자리에서 일어나며 말했다.

"오는 것 같아요, 형."

영석이 침을 꿀꺽 삼키며 주위를 둘러보자 경호원들의 경계 태세가 강화되고 있는 것이 확연히 보였다. 그의 눈에 차에서 내리며 기자들에게 손을 흔들고 있는 해럴드 윈스턴 대통령이 보였다.

깔끔하게 빗어 넘긴 금발에 금테 안경을 쓰고, 정장 대신 빨 간색 아웃도어를 입고 있는 50대 초반의 그는 무척 밝은 표정 이었다.

해럴드 대통령이 베이스 캠프 앞에 있는 건을 보더니 반색 하며 걸음을 빨리하자, 그에게 붙은 밀착 경호원들의 발걸음도 덩달아 빨라졌다. 해럴드 대통령은 건에게서 십여 미터 앞에 서부터 양손을 활짝 펼치며 웃었다.

"오! 케이! 만나서 반갑습니다!"

건이 악수를 하기 위해 손을 내밀었지만, 그는 양손으로 건 을 꼭 안아주었다. 건이 잠시 당황한 표정을 짓다 친근하게 대 해주는 해럴드를 보며 웃음 지었다.

"반갑습니다, 대통령님. 케이입니다."

해럴드가 건의 손을 잡고 잡아끌며 말했다.

"그래요! 알고 있어요. 이리 와요, 만나고 싶었습니다."

해럴드는 준비해둔 의자가 아닌 건이 항상 노래를 부르는 절벽에 있는 바위로 건을 끌고 갔다.

대통령답지 않게 바위에 털썩 주저앉은 해럴드가 자신의 옆

바위를 만지며 말했다.

"자, 여기 앉아요."

건이 자리에 앉자 영석이 표정으로 눈치를 줬다.

건이 영석을 본 후 조심스럽게 말했다.

"저…… 대통령님. 사실 제가 여기서 한국의 예능 방송을 촬영 중인데…… 그게 저의 24시간을 모두 촬영하는 방송이거든요, 혹시 대통령님과 대화하는 것도 촬영해도 될까요?"

해럴드가 크게 고개를 끄덕이며 호탕하게 웃었다.

"그럼요! 하하하, 되고말고요. 우리가 밀담을 나눌 사이도 아니지 않습니까? 하하."

건이 반색하며 말했다.

"감사합니다! 영석이 형! 촬영해도 된대요!"

영석이 기쁜 표정으로 카메라팀과 함께 다가가자, 일정 거리에서 경호원의 제지를 받았다. 그 자리까지만 접근을 허가한다는 경호원의 말에 다급히 카메라 거치대를 꺼내며 세팅하는 제작진이었다.

그 모습을 웃으며 보던 해럴드가 옆에 앉은 건의 손을 잡았다. 건이 자신의 손을 잡은 해럴드를 보자 그의 얼굴에 따뜻한 미소가 번지고 있는 것이 보였다.

"세계를 대신해 당신의 노고와 보여준 진실됨에 감사를 표하고 싶었습니다."

건이 민망해하자 해럴드가 다시 말을 보탰다.

"케이가 찍은 유니체프의 광고를 보고 많이 울었습니다. 몇 번을 봐도 눈물이 나더군요. 심지어는 네팔 지원에 대한 공식 기자회견을 할 때도 대통령이란 사실을 잊고 눈물을 보여 버렸지요."

"감사합니다, 대통령님. 이번 광고 건도 지원해 주신 것이 큰 도움이 되었어요."

"당연히 해야 하는 일을 한 것뿐입니다. 제 위치로는 케이 당신과 같이 이곳에서 오래 머물며 직접 일을 돕기는 요원한 일이었으니까요, 하지만 마음만은 함께하고 싶었습니다."

"말씀만으로도 감사합니다, 대통령님."

해럴드가 잠시 인자한 표정으로 건을 뚫어지게 보다 말했다.

"마치, 자국을 도와준 사람을 대하는 듯하군요. 케이는 한국인이지, 네팔인이 아닌데 말이에요."

건이 미소를 지으며 말했다.

"어려운 사람을 돕는데 국경이 무슨 필요가 있나요? 그저 제 눈앞에서 팔다리가 잘려 신음하는 사람들과 부모 잃은 아이들을 도와주고 싶은 마음뿐입니다."

건의 말에 해럴드가 깊게 고개를 끄덕였다.

"멋진 말입니다. 당신이 들려주는 음악만큼이나 당신이란 사람도 멋지군요."

건이 눈을 동그랗게 뜨고 물었다.

"음악이요? 제 음악을 들어 보셨나요?"

해럴드가 품에서 사진 한 장을 꺼내며 말했다.

"몰래 숨어서 봤었죠, 하하."

해럴드가 건넨 사진은 모자와 선글라스, 마스크로 얼굴을 가린 남자가 브롱스 동물원의 공연을 배경으로 브이를 하며 찍은 사진이었다.

그것을 본 건이 사진을 가리키며 말했다.

"이, 이게 대통령님이세요? 브롱스 동물원의 공연에 오셨다고요?"

"하하, 네. 그 때문에 비서실장에게 꽤나 욕을 먹었죠. 경호원도 없이 갔었거든요."

"아…… 하하, 생각도 못 했네요. 음악을 좋아하시나 봐요. 아! 밴드를 하셨다고 했었죠?"

"맞습니다. 소싯적 밴드에서 기타를 쳤었죠."

"기타를요? 어떤 밴드였나요?"

"락 발라드를 주로 하던 카피 밴드였습니다. 실력이 안 되어서 오리지널 곡을 만들진 못했죠, 하하. 이거 케이 앞에서 밴드 했다는 말을 하니 무척 부끄러운 걸요?"

"아니에요, 대통령님. 미국 대통령이 소싯적 밴드에서 기타를 쳤다니 엄청 신기해서 그래요."

"브롱스 동물원에서 케이의 노래를 듣고 얼마나 놀랐는지
모릅니다. 그때 우리 밴드에 케이가 있었다면 전 아마 대통령
이 아니라 밴드의 기타리스트로 살고 있었을지도 몰라요."

"하하, 설마요."

해럴드가 주위를 한번 훑어보더니 캠프 앞에 J-200이 세워
져 있는 것을 보고는 말했다.

"저 기타가 케이의 기타인가요? 음……. 화이트 팔콘이 아니
네요?"

"아, 저건 어쿠스틱 기타예요. 공연 때는 주로 일렉을 다뤄
서 그렇지 저 기타도 제 소중한 기타예요."

"그렇군요, 혹시 실례가 되지 않는다면, 케이의 기타 구경을
시켜 주시면 안 될까요?"

"아, 네! 어렵지 않죠. 잠시만요"

건이 자리에서 일어나 J-200을 케이스에서 꺼내 들고 와 해
럴드에게 내밀었다.

"와우! 깁슨 제품이었군요! 명품이죠."

해럴드는 조심스럽게 기타를 받아 들고 바디를 쓰다듬었다.
건이 그가 하는 것을 물끄러미 바라보고 있자, 헤럴드가 히죽
웃더니 기타를 허벅지에 대고 연주를 시작했다.

헤럴드는 수준급의 실력을 가지고 있었다. 오랜만에 잡아보

는지 약간 실수는 있었지만 약 1분간 보여준 기타 연주만으로
그의 실력을 알아챌 수 있었다.

건이 탄성을 질렀다.

"와! 잘 치시네요?"

헤럴드가 연주를 멈추고 민망한 웃음을 지었다.

"줄리어드의 천재 기타리스트 앞에서 보이기 민망한 실력이
죠, 하하."

그 모습을 촬영하고 있던 영석이 멍한 표정을 지었다.

'미국 대통령이 기타 연주를 해? 그것도 카메라 앞에서 저렇
게 해맑게?'

그것은 멀리서 지켜보던 외신 기자들도 마찬가지였는지 연
신 플래시가 터졌다. 헤럴드는 기자들의 플래시 세례가 익숙
했던지 신경을 쓰지 않고 다시 말했다.

"우리 노래 한번 해볼래요?"

건이 놀란 눈을 동그랗게 뜨며 물었다.

"노래요? 대통령님과요?"

"그래요, 케이와 함께 노래할 수 있다면 제게 큰 영광일 것
같습니다."

"아, 그건 어렵지 않지만…… 어떤 노래를 하시려고요?"

헤럴드가 잠시 고민해 본 후 씨익 웃었다.

"여기서 만들어 볼까요? 오다가 들으니 네팔인들의 연주에

맞춰 즉석에서 노래를 하셨다던데, 우리도 그래 볼까요?"

건이 장난스럽게 웃으며 말했다.

"여기 데우릴리 마을 촌장님이 연주가들과 함께 와 계신데, 불러서 같이하면 어때요?"

"오! 좋습니다! 너무 좋아요, 잼이라고 하죠? 즉석 연주와 즉석 노래. 꼭 한번 해보고 싶었는데 말이죠."

건이 몸을 굳히며 다시 물었다.

"아니……. 잼은 그런 의미가 아니지만…… 진짜…… 하시려고요? 전 장난이었는데."

헤럴드가 양손을 펼치며 주위에 펼쳐진 히말라야산맥을 두리번거리며 말했다.

"이런 경치에, 악기가 있는데 어떻게 노래를 안 할 수 있죠? 전 진심이에요, 케이."

건이 잠시 고민하다 영석을 보았다. 영석은 당장 하라는 듯 엄청난 속도로 고개를 끄덕였다.

건이 말했다.

"그럼……. 연주가분들을 불러올게요."

건의 말에 영석이 손을 번쩍 들며 말했다.

"내가! 내가 불러올게! 그냥 이야기하고 있어!"

부리나케 학교 건물로 뛰어가는 영석이었다. 그의 뒷모습을 보던 헤럴드의 입가에 짙은 미소가 번졌다.

헤럴드가 기타를 옆에 세워두며 말했다.

"그럼, 우린 노래의 가사를 한번 생각해 볼까요?"

건이 찾는다는 말을 듣고 연주자들은 신발도 신지 않고 악기를 든 채 헐레벌떡 뛰어왔다. 그들과 대화를 하기 위해 심바를 찾았지만, 곧 따라온 티모 덕에 심바를 찾아오는 수고는 필요 없었다.

티모가 헤럴드를 보고 살짝 고개를 숙였다. 헤럴드가 마주 웃어주자, 이번에는 티모가 건에게 합장을 하며 깊게 고개를 숙였다.

조금 멀리 떨어져 있던 수석 비서관이 이 모습을 보고 눈썹을 꿈틀했지만 티모는 건에게 극상의 예를 보이는 것에 거리낌이 없었다.

티모가 연주자들을 데려올 동안 헤럴드와 함께 가사를 써둔 건이 연주자들이 가져온 악기가 예전과 다름없음을 확인한 후 악보를 그리기 시작했다.

헤럴드는 무엇이 재미있는지 건의 옆에 바싹 붙어서 건이 써내려가는 악보에서 눈을 떼지 않고 있었다.

간단한 노래인 듯 순식간에 악보를 써내려 간 건이 티모에게 악보를 건네며 말했다.

"갑자기 불러서 죄송해요, 촌장님. 여기 악보예요."

티모가 공손히 두 손으로 악보를 받아 들고 연주자들에게 내밀며 말했다.

"악보를 외워라."

수드라 계급의 연주자들이 넙죽 엎드려 인사한 후 두 손으로 악보를 받아 무릎을 꿇고 엎드린 채 악보를 외웠다.

짧은 곡이었지만 건이 의도한 바를 제대로 표현하기 위해 인상을 찌푸린 채 악보를 보고 또 보던 연주자들이 20분이 넘게 끙끙대다 겨우 악기를 잡고 뮤트 처리를 한 채 연습에 빠졌다.

그 모습을 우두커니 지켜보던 헤럴드가 건의 옆 모습을 보며 말했다.

"금방 써 내려 가시길래 간단한 곡인 줄 알았는데, 생각보다 복잡한 곡이었나 보군요?"

건이 작은 웃음을 지으며 말했다.

"그리 복잡한 곡은 아니지만, 최선을 다하기 위함일 거예요. 조금만 이해해 주세요."

헤럴드가 양손을 올리며 아니라는 듯 말했다.

"이해라니요? 갑자기 요청한 제가 무리한 부탁을 한 거죠. 이렇게 들어주셔서 감사할 뿐입니다. 나중에 저분들께도 감사하다고 전해주세요."

건이 고개를 끄덕이며 웃었다.

연주자들이 연습을 마쳤는지 티모를 향해 넙죽 엎드렸다. 티모는 그런 연주자들을 보고는 건에게 말했다.

"연습이 끝났습니다. 시작하시지요."

건이 헤럴드에게 악보의 한 부분을 짚어주며 말했다.

"대통령님의 기타는 이곳 16마디부터 들어오시면 돼요. 혹시나 해서 그냥 코드 연주 형식의 아르페지오만 넣었으니, 별로 어렵지는 않으실 거예요."

헤럴드가 눈을 크게 뜨고 악보를 보며 고개를 끄덕이자, 건이 연주자 중 담푸 연주자에게 고갯짓으로 연주의 시작을 지시했다.

담푸 연주자는 건의 눈빛을 받자 황급히 고개를 숙였다가 감히 눈을 마주치지 못하고 고개를 숙인 채 정확한 박자의 연주를 시작했다.

히말라야 설산의 절벽 방향으로 지어진 베이스 캠프와 미국 대통령의 방문으로 모인 백여 명의 기자들 사이로 네팔 전통 북인 담푸의 한 서린 소리가 울려 퍼졌다.

둥! 둥!

담푸가 두 번의 박자를 크게 알린 후 아주 느린 박자의 연주를 시작하고, 사룽기의 서글픈 음색이 바이올린의 그것과 같이 올라타자, 순식간에 히말라야의 하늘에 아름다운 선율이 그려졌다.

헤럴드는 자신을 찍고 있는 카메라 덕에 연주를 잘해야 한다는 압박감을 받고 악보에 눈을 고정하고 있다가, 사룽기의 음색이 들리자마자 놀란 얼굴로 고개를 들었다.

그의 눈에 연주를 하고 있는 세 명의 연주자 앞에 자연스럽게 양팔을 벌리고 눈을 감은 채 박자를 타며 몸을 움직이고 있는 건이 보였다.

건은 마치 작은 춤을 추듯 조금씩 움직이며, 자리에서 빙글빙글 돌고 있었다. 마치 한국의 전통춤을 보는 것 같은 건의 움직임이 무척이나 신비로웠다.

곧 반수리의 피리 소리가 합류하자, 음악이 주는 분위기가 바뀌었다. 사릉기가 서글프고 한이 가득한 음률을 주었다면, 반수리의 피리 소리는 대장간의 타오르는 불에 희망을 불어넣는 풀무처럼 힘차게 합류했다.

놀란 눈으로 그들을 보고 있던 헤럴드가 자신의 차례가 온 것을 깨닫고 퍼뜩 정신을 차렸다.

'내, 내가 망칠 순 없다!'

연주를 시작하기도 전에 헤럴드의 이마에 굵은 식은땀이 매달렸다. 발을 까닥이며 정확한 박자를 세던 헤럴드가 기타 연주를 시작했다. Dm 코드로 아르페지오를 얹은 헤럴드가 자신의 연주가 합쳐진 합주가 내는 선율이 믿어지지 않는지 연신 연주자들을 하나하나 둘러보았다.

연주자들은 모두 눈을 감고 자신이 할 수 있는 최대한 집중을 보였다. 헤럴드는 비교적 쉬운 코드 진행이었기에 연주자들을 돌아볼 여유가 있었던 것이다.

건의 노래가 들려올 차례가 되자, 헤럴드가 건에게 시선을 고정했다. 덥수룩한 수염에 가렸지만 드러난 눈매와 날카롭게 솟은 콧날은 건의 미모를 가리지 못했다.

수염 때문에 입이 보이지 않을 지경이었지만 잔뜩 지어진 눈웃음으로 세상에서 가장 행복한 웃음을 매달고 덩실덩실 춤을 추는 건에게 눈을 떼지 못하던 헤럴드가 건의 목소리가 울리는 동시에 찢어져라 눈을 크게 떴다.

함께 가사를 썼기에 노래의 분위기에 대해 미리 짐작했던 헤럴드였지만, 건이 악보를 그릴 때 보컬 멜로디 라인은 그리지 않았기에 그의 노래를 들은 헤럴드는 놀랄 수밖에 없었다.

건의 목소리는 마치 여성 소프라노와 같은 목소리였다. 산새가 날아오르는 히말라야의 웅장한 산맥을 배경으로 너무나 아름다운 남자가 덩실덩실 춤을 추며, 춤과 어울리지 않는 초고음의 아리아를 불렀다.

Love where there is hatred.

(미움이 있는 곳에 사랑을.)

contention where there is forgiveness.

(다툼이 있는 곳에 용서를.)

split where there is Coincide.

(분열이 있는 곳에 일치를.)

despair where there is Hope.

(절망이 있는 곳에 희망을.)

헤럴드의 눈이 더 커질 수 없을 만큼 커졌다. 인권 변호사인 그에게 있어, 건의 노래는 수많은 민중을 움직일 수 있는 진정한 힘이 있다는 것을 느낄 수 있었기 때문이었다. 파르르 떨리는 눈에 비친 건이 절벽으로 한 걸음 나아가 양팔을 펼치고 설산을 향해 노래했다.

Understanding rather than understanding.

(이해받기보다는 이해를.)

Give comfort to others rather than comforting others.

(위로받기보다는 위로를.)

To love others rather than to love others.

(사랑받기보다는 사랑하기를.)

짧은 연주는 건의 마지막 가사와 함께 그대로 끝이 났다. 연주가 끝나고 수많은 사람이 이를 지켜보고 있었지만, 누구도 환호하지 못했다. 건의 춤사위가 아직 끝나지 않고 계속되고 있었기 때문이다.

건은 들리지 않는 음악이 계속 연주되고 있는 듯 혼자 미친 듯이 춤을 추었다. 그것을 멍하니 보고 있던 헤럴드가 조용히 옆에 기타를 놓았다.

턱을 괴고 건을 보던 헤럴드가 몸을 일으켜 건에게 다가갔다. 건은 헤럴드가 다가온 것도 모르는 듯 눈을 감고 춤을 추는 것을 멈추지 않았다.

헤럴드가 어색한 포즈로 건을 따라 춤을 추기 시작했다. 처음 몇 초간 어울리지 않아 보이는 삐걱대는 춤을 추던 헤럴드의 눈이 어느새 감겼다. 만면에 웃음을 띤 헤럴드의 춤사위는 곧 건의 춤과 조화되어 녹았다.

그를 보며 넋을 잃고 있던 기자 중 한 명이 화들짝 놀라며 재빨리 카메라를 들어 플래시를 터뜨렸다. 함께 있던 기자들이 플래시의 불빛에 정신을 차렸는지, 정신없이 카메라를 들이밀며 미국 대통령이 춤을 추고 있는 진귀한 장면을 찍어댔다.

카메라의 플래시가 수없이 터지자 건이 눈을 떴다. 조용히 고개를 숙이고 숨을 고른 건이 고개를 들어 춤사위를 멈추고 자신을 보고 있는 헤럴드를 보며 얼굴 가득 웃음을 지었다.

헤럴드가 그런 건을 웃음이 가득 번진 얼굴을 보다 양팔을 크게 벌리고 포옹하며 외쳤다.

"가난한 자의 천사! 줄리어드의 음악 천재! 네팔의 구원자! 그 모든 수식어가 전혀 거짓이 아니었군요! 하하하하하하! 거짓이 아니라 정말 기쁩니다!"

헤럴드의 품에 안긴 건이 그저 웃음을 지었다.

헤럴드는 한참이나 건을 껴안고 등을 두드린 후 건의 손을 잡고 절벽 끝 바위로 가 앉았다. 헤럴드가 자신의 옆에 앉는 건을 보며 웃음 짓다 멀리서 자신을 보고 있는 수석 비서관에게 눈짓을 했다.

그러자 수석 비서관이 영석에게 다가오며 말했다.

"촬영은 여기까지 하시죠. 대통령님이 케이와 긴히 하실 말씀이 있으시답니다."

영석은 두 말없이 물러났다. 멀리 대통령 경호원이 기자들까지 밀어내고 있는 것이 보였기 때문이었다.

카메라를 모두 캠프에 집어넣은 촬영팀이 경호원들이 지정한 라인 뒤까지 물러나자, 헤럴드가 건에게 나직한 음성으로 말했다.

"미국에서 멀리까지 나온 보람이 있군요, 당신의 목소리에는 힘이 있습니다. 당신의 목소리는 직접적인 물리력이 아닌 사람을 움직이는 힘이 가득하네요."

"그런가요?"

"네, 케이는 운동권 학생이 아니었으니 운동가라는 것을 불러 본 적이 없으시겠군요. 운동가란 시위를 할 때 부르는 노래인데, 이 노래에는 사람들을 선동하고, 진실에 눈을 뜨려고 노력하라는 메시지가 있지요. 시위를 할 때 이 노래를 부르면 모두가 같은 마음이 됩니다. 그와 마찬가지로 당신의 노래에는 어떤 힘이 있습니다."

건이 고개를 갸웃하며 물었다.

"운동권 학생이 아닌 것은 맞습니다만, 어떻게 아시죠? 제가 어떤 학생이었다는 것을요."

헤럴드가 미안한 표정을 지으며 말했다.

"한 나라의 대통령은 아무나 만날 수 없지요. 더욱이 나는 미국의 대통령입니다. 사람을 만날 때에는 그에 대한 모든 조사를 하게 됩니다. 미안한 말이지만, 케이 역시 한국에서 어떻게 컸는지, 어떤 과거를 가졌는지 모두 보고를 받았지요. 당신의 어린 시절 사진까지 말입니다."

건이 조금 기분이 나빠졌는지 얼굴을 굳히는 것을 본 헤럴드가 다급히 말했다.

"의도한 바는 아닙니다. 그저 화이트 하우스의 의례적인 절차일 뿐이니 부디 기분 나빠하지 않으셨으면 합니다. 이곳에 와서 당신과 함께 웃고, 당신과 함께 노래하고, 당신과 함께 공감한 것은 모두 저의 진심이었으니까요."

잠시 헤럴드의 얼굴을 보며 진위를 파악하는 듯했던 건이 이내 고개를 끄덕이며 수긍했다.

"미국의 대통령이라면 그런 절차가 필요하시겠어요."

"하하, 감사합니다, 케이. 이해해 주신다니."

"아니에요, 굳이 이해랄 것까지."

"아, 케이에 대한 조사를 한 수석 비서관이 신기한 것을 하나 발견해서 케이에게 선물로 주려고 가져 왔습니다. 저도 많이 놀랐지만, 조사의 가치도 없어서 그냥 선물로 드리려고 가지고만 왔습니다."

헤럴드가 품에서 봉투 하나를 꺼내 내밀었다.

"한번 보세요. 당신도 신기할 겁니다."

건이 고개를 갸웃하며 봉투를 받아 든 후 내용물을 꺼내자 한 장의 사진이 나왔다. 그를 보던 헤럴드가 말을 이었다.

"신기하죠? 수석 비서관도 깜짝 놀랐다더군요. 1957년의 사진인데 말이죠, 하하."

사진을 보는 건의 손이 잘게 떨렸다.

헤럴드는 그런 건을 보며 웃음을 지었다.

"놀라실 줄 알았습니다, 하하. 이름 모를 아이의 사진이지만 당신의 어린 시절과 꼭 닮았더군요."

사진 속에 기타를 들고 환하게 웃고 있는 엘비스 프레슬리가 있었다. 사진의 왼쪽 아래 'Since 1957. Florida Tampa. William V. Robertson' 라는 서명이 쓰여 있었고, 그 서명 위에 웃음이 가득한 표정으로 노래하는 어린 시절의 건이 있었다.

♪♪♩

　검은 고급 세단 안 창밖으로 지나가는 히말라야산맥의 풍경은 얼마 전 있었던 대지진이 꿈이라도 되는 것처럼 여전히 변화 없이 웅장했다.

　고급 차량이 주는 편안한 승차감을 만끽하며 창밖에 펼쳐진 히말라야를 감상하고 있는 헤럴드에게 옆자리에 앉은 수석 비서관이 안경을 추켜올리며 말했다.

　"왜 그러셨습니까?"

　헤럴드가 창밖에서 시선을 떼지 않으며 말했다.

　"뭘 말인가?"

　"미리 말씀하신 내용과 달랐습니다."

　"후훗, 그랬지."

　"CIA와 국방장관과의 회의에서 케이와의 대화 시 북한 문제를 언급하시고, 자연스레 동북아시아 안정을 위해 북한을 공격해야 한다는 뉘앙스로 대화를 이끌어 나가시기로 하셨습니다. 왜 아무 언급을 하지 않으셨습니까?"

　헤럴드가 창문을 열고 손을 내밀었다. 히말라야산맥의 맑은 공기를 손끝으로 느끼고 있는 헤럴드를 보며 수석 비서관이 다시 말했다.

"손을 넣으시고, 창문을 닫아주십시오. 저격의 위험이 있어 대통령님께서 타신 차량이 노출되어서는 안 됩니다."

헤럴드가 힐끗 앞뒤에 따라붙은 똑같은 차량들을 보며 말했다.

"여러 대의 차량 중에 문을 연 차량에 내가 있을 것이라고 누가 생각하겠나? 그리고 이런 오지에 무슨 저격이 있겠어? 너무 예민하게 굴지 말게."

"언제 어디서나 조심해야 하는 것이 대통령님의 위치십니다. 앞서 질문드린 내용에 대해 답해주세요. 국방장관과 CIA에 미리 연락을 해줘야 합니다."

"자네, 케이의 눈을 보았나?"

"예, 무척 맑은 청년이더군요."

"그런 눈을 보고도 이용해 먹을 생각이 들던가?"

"대통령님은 개인이 아닙니다. 세계의 질서를 선도하는 미국의 대통령님이십니다. 그에 맞는 독심도 가지고 계셔야죠."

"그래, 독심…… 미국의 대통령…… 이보게, 제이든. 난 말이야, 미국 대통령이 되고자 하였을 때 자네와 같은 생각을 했었지. 그런데 막상 이 자리에 올라와 보니 미국은 세계의 질서를 선도하는 나라가 아니라, 세계를 감시하며 선두의 자리를 지키려 발악하는 나라일 뿐이더군."

"대통령님. 그런 말씀은……."

"걱정 말게, 공식 석상에서 이런 말을 할 바보는 아니니."

제이든이 조용히 헤럴드를 보자, 창밖을 보고 있던 헤럴드가 제이든을 보며 말했다.

"세상에 한 명쯤, 때가 묻지 않은 사람이 있는 것도 좋지 않은가? 내가 힘들고 지칠 때 내게 희망이 가득한 노래를 들려줄 단 한 명의 사람까지 그저 국가의 이익을 위해 이용가치를 부여하는 인간이 되고 싶지 않았네. 나 역시 한 사람의 인간이란 말일세."

"북한 문제는 단 한 사람의 인간으로서 결정할 문제가 아닙니다, 대통령님."

"그래, 그렇지. 그 문제는 다른 방식으로 풀어보자고, 케이를 이용하는 일은 그만두고 말이야."

"그럼 공익 광고로 북한 문제에 대한 민중의 의식을 공격적으로 바꾸겠다는 작전은 취소하시는 것입니까?"

"그래, 다른 루트를 찾아보지."

"그리 전달하겠습니다."

"아, 그리고 앞으로 내 임기 중에 케이가 어디서 무슨 공연을 하든 미리 알려주게."

"가서 보시려고 하십니까? 그렇다면 VIP 좌석으로 예매해두고 스케줄을 조정하겠습니다."

"스케줄만 조정해 주게. 티켓은 내가 직접 예매하지. 그 정도 노력은 스스로 하고 싶군."

"알겠습니다, 대통령님."

♪♪♩

헤럴드가 떠나고 혼자 남은 건은 그가 주고 간 사진을 보며 혼란스러워했다.

'뭐…… 뭐지, 이게? 꿈이 아니었어? 내가 엘비스 프레슬리를 실제로 만났었다고?'

건이 머리를 감싸며 혼자만의 생각에 빠져들려는 찰나 채은 이 다가왔다.

"건아, 어땠어? 무슨 이야기 했어?"

건이 사진을 쥔 손을 뒤로 숨기며 당황한 얼굴로 말했다.

"아, 누나. 별거 아니야. 그냥 칭찬해 주셨어. 이번 일 말이야."

"아, 그래? 칫, 기왕 칭찬해 주는 거 기자들 앞에서 좀 티 나게 해주지, 별것도 아닌데 사람들 물리길래 대단한 비밀 이야기라도 하는 줄 알았잖아?"

"아…… 하하……. 아냐, 그런 거."

"배 안 고파? 저 양반이 갑자기 노래까지 하자고 해서 점심도 걸렀잖아."

"어, 벌써 점심 때인가?"

"응, 한참 지났어. 뭐 좀 먹자, 내가 해줄게."

"아, 고마워 누나."

채은이 식사 준비를 하러 가자 혼자 남겨진 건이 다시 숨긴 손에 쥐어진 사진을 보았다.

'정말 진짜였던 거야? 존 레논도, 지미 핸드릭스도, 라흐마니노프와 차이콥스키도, 말리도……. 진짜 만났던 거야? 과거로 돌아가서? 이게 말이 되는 일인가?'

건이 어떤 고민에 빠져 있는지 모르는 채은이 잠시 후 건을 불렀다.

"건아! 어서 와, 식기 전에 먹자!"

주머니에 사진을 구겨 넣은 건이 채은과 함께 점심을 먹었다. 채은은 점심 식사 후 학교의 간이 병동 일을 돕기 위해 캠프를 떠났고, 혼자 남겨진 건이 침상에 누워 주머니의 사진을 다시 꺼냈다.

"뭔가 다르다. 자메이카에서 만난 말리는 분명 꿈에서 만난 것이었어. 그가 분명히 말했었어."

건이 가만히 텐트 천장을 보며 말리가 했던 말을 떠올렸다. 텐트 천장에 떠오른 말리가 마리화나의 연기를 내뿜으며 말했다.

'꿈을 자주 꾸는가 보군, 친구. 전혀 당황하지 않는 걸 보니 말이야.'

'그래, 분명 말리는 내게 꿈이라는 것을 정확하게 말했어. 그런데 다른 사람들은?'

건이 생각에 잠겼다가 벌떡 일어나 수첩을 꺼냈다. 펜을 든 건이 꿈에 만났던 사람들을 써내려 가다 문득 눈을 부릅떴다. 건의 수첩에는 건이 써내려 간 기억들이 나열되어 있었다.

1953년에 미국 테니시 주, 1957년 템파. 엘비스 프레슬리.
1970년 9월 10일 시애틀. 지미 핸드릭스가 죽기 일주일 전.
1980년 12월 8일 뉴욕. 존 레논이 죽기 이틀 전.
1882년 12월 러시아 상트페테르스부르크. 차이콥스키와 라흐마니노프.

"이럴 수가…… 꿈이라고 생각했었는데, 기억 속에 모두 정확한 날짜가 있어……."

건이 경악한 눈으로 수첩을 보다 몸을 부르르 떨었다. 마지막에 갔던 러시아 상트페테르스부르크에 도착해 자신이 한 말이 기억났기 때문이다.

'또 꿈인가? 꿈속인데 왜 이리 춥지, 아흐흑.'

건이 잘게 떨리는 자신의 손을 바라보았다.

'지, 진짜였어? 정말인 거야, 꿈속에서 추울 리가 없잖아……'

건이 누운 채 머리를 감싸 안았다. 혼란스러운 눈동자가 쉬지 않고 흔들렸다.

'왜? 무엇이 날 과거로 보낸 걸까? 무엇 때문에?'

침대를 굴러다니며 머리를 쥐어뜯는 건이었다.

'왜! 나한테 무슨 일이 일어난 거야! 내가 본 것이 다 진짜라고? 꿈에서 존 레논이 안고 있던 그 아이가, 나와 함께 동물원에서 공연을 한 그 아이였다고?'

머리가 터질 것 같았다. 아무리 생각해도 말이 안 되는 상황에 도저히 답을 찾을 수 없던 건이 침대에 누운 채 몸을 돌려 옆에 있는 벽에 머리를 쿵쿵 찧어대며 생각을 정리했지만 어떤 가정으로도 설명되지 않는 일은 시간이 흐를수록 더욱 건의 머리를 복잡하게 만들었다.

적막한 텐트 안. 작게 벽에 머리를 찧는 소리만이 울리던 캠프 안에 영석이 풀어둔 손목시계가 놓여 있었다.

시계의 초침이 째깍째깍 울리는 소리가 조금씩 느려지고, 머리로 벽을 찧어대던 건의 몸에 힘이 풀리며 어느 순간 순식간에 수마가 찾아왔다.

작게 울어대던 산새들의 소리가 멈추고, 히말라야 고원에 불어오던 바람 소리마저 멈췄다.

건이 누운 침대가 놓인 대형 텐트 안 바닥부터 서서히 색이 변하며 온 세상이 흑백으로 변했다.

♪♪

텐트 천장에 불길하고 검은 구멍이 생기고 잠이 들어버린 건의 머리 위로 검고 진득한 기름이 잔뜩 묻은 발이 내려왔다. 하체부터 나타난 그는 맨발에 어울리지 않게 검은 정장을 입고 있었다. 긴 검은 장발에 윤기가 흐르는 미남이 잠이 든 건을 내려다보며 서서히 바닥에 내려앉았다. 남자가 잠이 든 건을 따뜻한 눈으로 내려다보았다.

남자가 한 손을 뻗어 손짓하자, 저 멀리 떨어져 있던 간이의자가 날아왔다. 공중에서 의자를 잡은 남자가 조용히 건의 침상 옆에 의자를 놓고 앉았다.

다리를 꼬고 여유 있는 포즈로 앉은 남자가 건을 내려다보며 말했다.

"아이야, 눈을 뜨거라."

쌕쌕거리는 소리를 내며 잠에 빠진 건의 눈이 살며시 떠졌다. 언제 잠이 들었는지 몰랐다는 듯 눈을 비빈 건의 눈에 자신을 내려다보고 있는 남자의 모습이 들어왔다.

처음 보는 남자의 모습이었지만 왜인지 익숙하고 편안한 남자의 모습을 본 건이 몸을 움직여 일어나려 했지만, 몸이 움직이지 않았다.

"……누구십니까?"

남자가 누워 있는 건의 머리를 쓸어 올려준 후 더부룩하게 자란 수염을 매만져 주었다.

"얼굴이 많이 상했구나, 아이야."

건이 그의 따뜻한 손길에 눈을 파르르 떨며 말했다.

"당신은…… 누구신데 이리도 익숙한 느낌입니까? 나를 아시나요?"

남자가 작게 미소를 지으며 말했다.

"그래, 네 부모만큼이나 오래 너를 지켜보았고, 또 지켜왔다."

"당신의 이름은 무엇입니까?"

"나는 오래전에 진짜 이름을 잃은 자. 그 후로 영겁의 시간 동안 다른 이름으로 불린 자이다."

"다른 이름은 무엇입니까?"

"아직은, 아직은 몰라도 된단다, 아이야."

건이 눈만 뒤룩뒤룩 움직여 남자를 살펴보았다. 긴 장발이 허리까지 내려오는 미남자는 무척이나 자신을 닮은 것 같았다.

"왜 당신은 나를 닮았지요? 아니, 왜 내가 당신을 닮았지요?"

남자가 빙긋 웃으며 말했다.

"너는 내 일부이기도 하니까 그렇다."

"내가 왜 당신의 일부입니까?"

"그것 역시 아직은 알 때가 아니란다."

"아무것도 알려주시지 않을 것이면 왜 나타나셨습니까?"

남자가 건이 손에 꼭 쥐고 있는 사진을 잡았다.

"네가 아직 몰라야 하는 것을 알게 되었기 때문이다."

건이 남자의 손에 쥐어진 사진을 보며 당황한 눈빛으로 말했다.

"사진을 왜 가져가십니까?"

남자의 손에 쥐어진 사진에 불길한 검은 불길이 치솟았다. 뜨겁지도 않은지 재가 되어 날리는 사진을 그대로 바라보던 남자가 말했다.

"내 계산밖의 일이었으니까."

자신의 허락 없이 사진을 태워 버린 남자에게 화가 날 법도 했지만, 건은 전혀 그런 감정을 느낄 수 없었다.

마치 온몸이 마취되어 제정신을 차리지 못하고 회복실에서 깬 수술 환자처럼 몽롱한 의식 속에 겨우 정신을 부여잡고 있던 건이 말했다.

"무, 무슨 계산을 말하는 겁니까?"

남자가 자리에서 일어나며 말했다.

"미안하구나, 지금은 아무것도 답해 줄 수 없고, 나와 만난이 기억도 사라지게 될 것이다. 언젠가는 꼭 알려주마, 나의 아이야."

건이 조금씩 멀어지는 의식으로 겨우 입을 뗐다.

"다…… 당신의……. 다, 당신의 이름이라도……."

건이 곧 정신을 잃은 듯 잠에 빠져들었다.

그 모습을 본 남자가 한숨을 쉰 후 나직하게 말했다.

"내 이름은 가마긴, 아주 오래전에 진짜 이름을 잃은 천사이자, 악마들의 군주이다. 아이야, 너는 사진에 대한 기억과 나를 만났던 기억에 대해 잊게 될 것이다. 그리고, 내가 너로 인해 잊힌 옛 이름을 되찾는 날, 너는 내 이름을 알게 될 것이다."

남자는 그 후로 오랫동안 건의 머리를 매만져 주었다.

갓난아이를 내려다보는 부모의 표정과 같이 사랑과 인자함이 가득한 눈빛으로 건을 내려다보던 그가 어느 순간 그 자리에 원래 존재한 적 없었던 것처럼 사라졌다.

테이블 위에 올려둔 영석의 손목시계에서 다시 째깍째깍 초침이 움직이고, 색을 잃었던 만물이 제 색을 찾았다.

침상에 누운 건이 편안한 꿈에 빠져든 듯 미소를 지은 채 조그맣게 코를 골았다.

◈ 2장 ◈
신과 함께

약 15분 후 곤하게 잠을 자던 건이 눈을 떴다.

'어? 내가 언제 잠이 들었지? 얼마나 잔 거지?'

건이 정신을 차리려는 듯 세차게 고개를 흔들며 침상에서 몸을 일으켜 하체를 침상 아래로 내렸다. 잠시 두 손으로 얼굴을 비비며 정신을 차리려 노력하고 있을 때 텐트 문이 젖혀지며 영석이 들어왔다.

"어? 뭐야 그새 잠들었어? 하긴 미국 대통령 만나는 자리인데 긴장도 했겠지. 좀 괜찮아?"

건이 눈을 비비며 말했다.

"네, 형 괜찮아요. 별로 피곤하진 않았던 것 같은데 언제 잠이 들었는지도 모르게 뻗어버렸네요."

영석이 음료수 하나를 내밀며 말했다.

'이거 마셔 봐. 너 이거 좋아한다며?'

건이 고개를 갸웃하며 영석이 내민 음료를 보았다. 캔 음료가 아닌 플라스틱 병 모양의 오렌지색 음료에는 'Stewant's 크림 소다'라는 로고가 크게 새겨져 있었다.

건이 음료를 받아 들며 영석에게 물었다.

"어? 저 이거 좋아하는 거 어떻게 아셨어요? 그리고 이거 여기 안 파는 건데 어떻게 구하셨어요?"

영석이 손에 든 다른 한 병의 음료를 따 마시며 말했다.

"크합! 이거 엄청 톡 쏘네. 아까 그 수석 비서관인가 하는 양반이 네가 좋아할 거라고 몇 박스 주고 가던데? 어라 그러고 보니 그 양반도 처음 보는 사람인데 네 음료 취향을 어떻게 알지?"

건이 쓰게 웃으며 음료를 마신 후 말했다.

"저를 조사했나 보네요. 그래도 음료 취향까지 조사하는 건 좀 변태 같아요, 그렇죠?"

"뭐……. 음료 취향을 조사하려고 한 건 아니었겠지. 미국 대통령 보좌하는 양반인데 조사하다 보니 걸리는 게 있어서 가져온 걸 거야. 신경 쓰지 마라. 그냥 상식적으로 생각해 봐도 뒷조사는 하고 오는 게 논리적이니."

"하하, 뭐 괜찮아요. 덕분에 네팔에서 이런 음료도 맛보고 좋죠."

"그런데 아까 대통령이랑 둘이 무슨 이야기를 했어? 기자들이 엄청 궁금해하던데."

"별 이야기도 아니었어요, 그냥 칭찬해 주시더라고요. 그것 외에는 딱히 기억에 남는 것도 없네요."

"뭐야, 그게? 고작 그런 이야기 하려고 그 많은 사람을 이동시킨 거야? 싱거운 양반이네."

"하하, 채은 누나랑 똑같은 반응이네요, 형도."

영석이 음료를 들고 건이 앉아 있는 침상 옆에 털썩 주저앉았다.

"이제 가야지? 여기 온 지도 두 달 다 되어 간다."

"후우. 가야죠, 슬슬. 이제 자원봉사자도 많이 몰려서 더 도울 일도 별로 없고요."

"그래, 채은 씨도 이제 슬슬 압박이 오나 보더라. 지금 한국에서 최고 화제니까, 스케줄이 막 잡히고 있나 봐. 화제 몰이 할 만큼 했으니 이제 그만 돌아오라고 회사에서 난리인 것 같더라."

"네, 형. 슬슬 돌아갈 준비 해요."

"그래, 그럼……. 아? 티모 촌장님?"

영석이 입을 떼려는 찰나 텐트의 문 역할을 하는 천을 살짝 젖히고 안을 바라보는 티모와 눈이 마주쳤다.

티모가 영석이 자신을 알아보자 텐트를 젖히며 말했다.

"갑자기 찾아와 죄송합니다. 데바께 인사를 드리려고 들렀습니다."

"아, 예! 들어 오세요, 건아 난 그럼 비행기 예약 스케줄 보러 간다. 이야기 나눠!"

영석이 텐트를 나가자 건이 일어나 티모에게 말했다.

"앉으세요, 촌장님. 차 한 잔 드릴게요."

지팡이를 짚은 티모가 주위를 둘러보다 앉을 곳이 침상밖에 없는 것을 보고 머뭇거리자 건이 웃으며 옆에.둔 간이 의자를 끌어다 놓았다.

"여기 앉으세요, 촌장님."

"아, 감사합니다, 데바."

"아 거참, 저 데바 아니라니까 자꾸 그러시네요."

티모는 건이 무슨 말을 하건 데바라고 부르는 것을 멈추지 않았다.

한숨을 쉬며 차를 끓이는 건을 인자한 웃음이 가득한 얼굴로 보던 티모가 말했다.

"데바께서는 언제 떠나십니까?"

"아참! 데바 아니라니까요."

"예, 데바."

"에휴……. 이제 슬슬 준비해야죠."

"곧 가시는 겁니까?"

"아마도요, 이제 도울 일도 많이 없고요."

건이 김이 나는 차를 티모에게 건네며 간이 의자 하나를 더 꺼내 티모를 마주 보고 앉았다. 티모는 건이 끓인 차를 한 모금 마신 후 놀란 눈으로 찻잔을 바라보았다.

"허? First flush? 수준급의 차 군요. 차 끓이는 솜씨가 느셨습니다, 데바."

건이 웃음을 지으며 자신의 찻잔에 입을 댔다.

"네팔 생활도 두 달째인걸요, 그동안 제게 찾아온 손님들께 차를 내어오다 보니 자연스럽게 늘더라고요. 떠날 때가 되니까 실력이 쑥쑥 느는 기분이에요, 한국 가면 곧 잊어버리겠지만. 하하."

"언제 가십니까?"

"글쎄요, 비행기 스케줄도 좀 알아보고 여기 정리도 해야 하니까, 빠르면 일주일 정도 더 있을 것 같아요."

"음……. 그렇군요. 저기…… 데바."

"네? 아! 나도 모르게 대답해 버렸네. 저 데바 아니라니까요?"

"예, 데바."

"크헉! 예, 예……. 말씀하세요, 촌장님."

"하하, 실은 열흘 후 파슈파티나트 사원에서 시바신의 밤이 있습니다."

"시바신의 밤이 뭔데요?"

"시바라티라고도 부르는 일종의 축제입니다. 파슈파티나트
는 가장 신성한 힌두 사원이기도 하고요. 네팔에 오신 김에 축
제를 구경하고 가심이 어떨지 여쭈러 왔습니다. 그날 축제에 모
일 힌두의 브라만들이 데바를 알현하고 싶어 하기도 하고요."

"파슈파티나트 사원이요? 아…… 들어본 적 있는 것 같네
요. 어디 있는 건데요?"

"카트만두 동쪽 강변에 있습니다, 데바."

"음……. 구경하고 싶기는 한데…… 일정이 맞을지 모르겠네
요."

티모가 약간 다급해 보이는 말투로 말했다.

"세계인들이 보고 싶어 하는 축제입니다, 데바. 네팔에 또 언
제 오시겠습니까? 이 기회에 보고 가시지요. 수도에서 멀지 않
아 돌아가시기는 어렵지 않을 겁니다. 일행이야 먼저 보내도
되지 않습니까? 제가 모시겠습니다."

건이 잠시 고민한 후 이내 웃음을 지었다.

"그래요, 온 김에 보고 가죠. 일행과는 일정이 안 맞겠지만
저만 따로 귀국하면 되니까요, 저도 보고 싶기도 하고요."

티모가 반색하며 기쁜 표정으로 벌떡 일어났다.

"감사합니다, 데바. 브라만들이 어찌나 성화인지 모시고 오
지 못하면 돌을 맞을 뻔했습니다, 허허. 그럼 전 가시는 것으

로 알고 준비하겠습니다."

"네, 촌장님. 그런데 갈 때는 저 혼자 갈게요. 카트만두에서 그리 멀지 않으니 구경하며 트래킹 겸 걸어가 보려고요."

"아, 그러시겠습니까? 그런데 카트만두까지는 어떻게 가시려고요?"

"일행이 떠날 때 카트만두까지 같이 가면 되죠."

"아, 그렇군요. 알겠습니다. 그럼 사원에서 기다리겠습니다, 데바. 열흘 후입니다. 일주일간 축제가 계속되니 꼭 기억해 주십시오."

"네. 알겠습니다, 촌장님. 들어가세요."

티모가 정중히 인사를 하자, 텐트 밖까지 마중을 나간 건이 티모가 시야에서 사라질 때까지 바라보고 있었다.

그날 밤 영석과 채은에게 조금 더 남아 있겠다는 의사를 밝힌 건은 위험하다는 영석의 반대에도 그저 웃음 지으며 괜찮다는 말만 연발했다.

3일 후 고르카 마을을 떠나는 히말라야의 노래 촬영 스탭들을 데려가기 위해 헬기가 내려앉았다. 미리 준비를 하고 있던 일행이 헬기에 올라타기 직전 기자들의 부름에 돌아본 건이 손을 흔들어주자 수많은 플래시가 터졌다.

수염이 덥수룩하게 난 건의 얼굴은 사진으로 남겨져 세계로 퍼져 나갔고, 그 모습을 본 많은 이가 감동을 받았다. 건의 사진은 한국에서도 공개되었고, 수많은 네티즌이 댓글을 남겼다.

　└시크여니 : 1등 케이 수염 봐, 완전 섹시.

　└chaos9999 : 저게 고생하고 봉사한 사람의 얼굴이지, 아프리카 봉사 가서 일주일 세수 안 하고 사진 찍었다고 구라 친 어떤 연예인과는 뼛속부터 다르네.

　└블루천사 : 내가 3등이라니, 3등이라니…….

　└은야영 : 진짜 진짜 수고했어염. ㅠㅠ

　└風雲海 : 나 케이 유니체프 광고 보고 폭풍 오열했는데

　└더홀릭 : 케이여! 당신은 까방권을 획득했습니다!

　└파아란Blue : 진짜 한국인으로서 자랑스러워요.

　└의태아빠 : 케이 기사 연참을 원합니다!

　└OLDBOY : 미국 대통령 만났으면 이제 국회로 나오나?

　└까만만두 : 오홍홍. 케이 수염을 보니 오늘 저녁은 매생이 국을 해야겠네요.

　└대형마트 : 네팔 지진 현장에서 최태수 선생 아직 안 만나지 않았나?

　└달의아이룬 : 케이 레이드 가실 분 모집합니다. 지하실에 가둬 놓고 군만두만 먹이면서 노래만 하게 하고 싶네요.

　└로스트하트 : 참여합니다! 딜러 구해요!

♪♫

건이 일행과 함께 카트만두로 향하고 있는 시각. 랄릿푸르에서 카트만두 동쪽으로 가는 절벽 길에 물소 한 마리가 천천히 걷고 있었다.

검은 물소는 매우 늙어, 느린 걸음으로 천천히 어슬렁거리며 걸었다. 검은 물소의 눈은 보통 소와 다르게 붉었고, 온몸에는 상처가 가득했다.

그 물소 위에 한 남자가 양반 다리를 한 채 앉아 있었는데, 목이 파란색으로 물들어 있었다. 마치 큰 점과 같은 파란색 목을 북적북적 긁으며 곰방대를 뻐끔거리는 남자가 끊임없이 뭔가를 중얼거렸다.

목을 오른쪽으로 꺾은 남자가 고운 목소리로 말했다.

"이번 시바라티에 그 녀석이 온다지? 어떤 녀석일까?"

다시 목을 왼쪽으로 꺾은 남자가 걸걸한 중저음으로 말했다.

"비슈누, 뭐가 그리 궁금해?"

목을 똑바로 세운 남자가 온화한 목소리로 말했다.

"시바, 비슈누가 궁금해할 수도 있지 뭘 그래?"

"브라흐마, 비슈누 저놈에 궁금증 때문에 내가 얼마나 고생했는지 잊었어?"

"시바, 내가 뭘? 내가 뭘 어쨌다고? 난 그저 평화를 원했을 뿐이야."

"비슈누 네 녀석이 멋도 모르고 젖과 꿀이 흐르는 땅만 바라는 바람에 우유로 만들어진 바다 밑 독액이 세상에 떨어진 것 아니야! 난 그걸 막으려고 독액을 대신 삼키는 바람에 목 색깔이 이 모양이 된 거고! 이건 나라도 삼키면 죽는다고! 그래서 삼키지도 못하고 머금고 있는 바람에 모가지 색이 파란색이 되어버린 거 아냐."

"그러는 시바 너는? 너는? 다 큰 아들과 아내가 있는 걸 보고 아내가 바람피우는 줄 알고 아들 목을 잘라 버린 성질 급한 아버지잖아?"

"그건 실수야, 내 아들은 이제 한 번밖에 죽지 않았으니, 아직 살 날이 더 많고."

"허허! 시바, 비슈누. 언제까지 싸울 셈이야?"

"브라흐마 넌 조용해. 중간에 네가 끼어 있지 않았다면 벌써 비슈누 저놈 대가리를 터뜨렸을 테니까."

"너! 힘 좀 세다고 그렇게 천방지축 날뛰다 언젠가는 혼날 거다, 시바."

"누가 감히 날 혼내? 다 덤비라 해."

"쉿, 비슈누, 시바, 조용해 둘 다. 시바라티에 오는 녀석은 가마긴이 뒤를 봐주는 녀석이야."

"쳇! 고위 악마 따위 덤벼보라고 해."

"키키 객기 부리지 마 시바. 네가 아무리 강해도 그놈이랑 싸우면 세상에 종말이 올 거다."

"싸우지들 말고 조용히 가자, 아직 갈 길이 멀어."

검은 물소 위에서 끈임없이 고개를 꺾어가며 서로 다른 목소리를 내는 남자가 아름다운 절벽 길을 타고 파슈파티나트 사원을 향해 천천히 이동하고 있었다.

♩♫♩

다음 날, 카트만두의 바버 마할 빌라. 히말라야의 노래 프로그램의 시작을 알렸던 호텔에서 마지막을 고하는 촬영을 한 후 채은이 건에게 말했다.

"건아, 너 진짜 우리랑 같이 안 갈 거야? 혼자 여행하면 외롭잖아."

"에이, 누나. 나 원래 여행 혼자 다녀, 괜찮아."

"에휴, 하여간 너도 진짜 황소고집이야. 영석 CP님이 그렇게 말려도 듣질 않네."

"하하, 그거 영석이 형도 맨날 하는 소리야."

"내일이면 우리 떠나는데 두 달 넘게 같이 있어서 그런지 완전 가족 같아. 떨어지려니까 괜히 눈물 나네."

"한국 가서 보면 되지, 뭘."

"치, 영석 CP님은 몰라도 넌 보기 힘들 것 같은데? 또 외국으로 돌아다닐 거 아냐."

"뭐……. 그렇긴 하겠지만 그래도 한국 도착하면 꼭 같이 밥 먹자."

"약속한 거다?"

"하하, 알았어. 꼭 연락할게."

채은이 건의 손을 잡아끌며 말했다.

"이리 와. 누나가 가기 전에 너 면도 좀 해줄게."

"면도? 내가 하면 돼, 누나."

"쓰읍! 그렇게 긴 수염 혼자 자르다 다쳐! 누나 말 들어라, 응? 내일이면 헤어지는데."

"하하, 알았어, 이거 놓고 가."

채은의 손에 이끌려 간 곳은 큰 거울이 놓여 있는 호텔 중간층 로비였다. 거울을 옮겨 소파 앞에 가져다 놓은 채은이 건을 앉히고 객실에 가서 면도 도구들을 가져왔다.

도구들을 본 건이 물었다.

"뭐야? 여자가 그런 건 왜 가지고 다녀?"

"가지고 다닌 게 아니고, 스탭 오빠들한테 빌려온 거야. 자 고개 들어 봐."

면도 크림을 잘 개어서 건의 얼굴에 바른 채은이 일회용 면도기로는 도저히 답이 안 나오는 건의 수염을 면도날로 깎기 시작했다.

상처가 나지 않게 집중하며 면도를 하는 채은을 보던 건이 편안한 표정으로 눈을 감았다.

한참 사각사각 수염을 깎는 소리만이 로비를 메우다, 채은이 말문을 열었다.

"있잖아, 건아."

"응?"

"나, 이 프로그램 하길 정말 잘한 것 같아."

"응, 나도 그래. 학교 다닐 때 이런 경험은 못 해봤으니까."

"아니, 그런 말이 아니고, 너랑 함께한 것 말이야."

"나랑?"

"그래, 너랑 함께 프로그램한 것 정말 잘한 것 같다고."

"하하, 그래 누나. 나도 누나랑 함께해서 정말 좋았어."

"에휴, 바보야. 그런 틀에 박힌 소리를 하려고 한 게 아니야."

채은이 수건으로 면도를 마친 곳을 닦아주며 말했다.

"여기 와서 널 만나고, 또 너와 함께 트래킹했던 일들, 평생 못 잊을 추억이 될 것 같아. 또 너와 함께 한 봉사활동도 말이야. 쓰촨성 봉사 때와는 또 달랐어. 네 덕에 멀리서나마 미국 대통령까지 보게 됐으니까. 회사 대표님도 난리야, 제대로 된

프로그램 물어왔다고 내 매니저는 승진까지 했다니까?"

건이 눈을 감은 채 미소를 지으며 말했다.

"잘 풀려서 다행이야. 사실 내가 가고 싶다고 프로그램 촬영 접고 고르카로 가게 되었다면 누나한테 미안했을 것 같았어. 누나가 자진해서 따라와 준 것이 누나에게 좋은 일로 돌아가게 되어서 나도 기뻐."

채은이 면도를 하다 말고 눈을 감은 건의 옆 모습을 뚫어지게 보았다.

건이 채은이 움직임을 멈춘 것을 깨닫고 실눈을 뜨며 채은을 보자 그제야 그녀가 입을 열었다.

"넌 참 이상해. 어떻게 이기적인 구석이라곤 하나도 없을 수가 있지? 지난 두 달간 봐 온 네 모습은 남의 기쁨을 진심으로 함께 기뻐해 주고, 남의 슬픔은 당사자보다 더 크게 슬퍼해 주는 사람이었어. 어떻게 그럴 수 있는 거지?"

건이 피식 실소를 흘렸다.

"그냥 인간으로서 해야 할 일을 한 거고, 사람이 해야 할 도리를 하며 사는 것뿐이야. 별것 없어. 면도나 마저 해줘, 누나."

한참 가만히 건을 바라보던 채은의 손이 다시 움직였지만, 건을 바라보는 채은의 눈빛은 복잡해졌다.

'내 마음을 말하면 아마 어색해져 버리겠지?'

조개처럼 입을 다물고 머릿속으로 오만 가지 사랑의 말을 내뱉은 채은은 결국 그날 건에게 아무 말도 하지 못했다. 채은은 다음날 공항으로 떠나는 시간까지 건에게 어떤 말도 건네지 않았다.

다음날 오전 공항으로 떠나는 일행을 배웅한 건은 호텔에서 하루를 더 묵은 후 사원으로 가기 위해 길을 떠났다.

카트만두 시내에서 두둑하게 루피를 환전한 건이 배낭 하나와 J-200을 매고 모자와 선글라스로 얼굴을 가린 채 시내를 나서며 활짝 웃음을 지었다.

'오랜만에 또다시 혼자 여행이네! 주머니도 두둑하겠다, 중간에 들리는 마을에서 맛있는 것도 사 먹고 좋은 데서 자야지.'

카트만두 시내를 여기저기 기웃거리던 건이 드디어 시내를 벗어났다. 분명 조금 전까지 상가가 밀집되어 있고 많은 건물이 있었던 곳이었건만 시내에서 조금만 벗어났을 뿐인데도 험한 산세가 우거진 절벽 길이 나오는 것을 신기한 눈으로 보며 경치를 즐기는 건이 점점 사람이 없는 트래킹 코스로 접어들었다.

아름다운 네팔의 자연경관을 눈에 문신 새기듯 새겨놓겠다는 의지로 이리저리 둘러보던 건의 눈에 저 멀리 길 앞에 앞서 가는 검은 소를 탄 남자가 보였다.

'와, 소 위에서 누워 있네. 대단하다! 걸어가는 소 위에 안장도 없이 누워서 담배까지 피우고 있다니, 저것도 나름 달인이구나.'

느릿느릿 걸어가는 소 위에 반쯤 누워 곰방대를 뻐끔거리는 남자는 곧 가까워졌다. 소가 너무 느리게 가고 있기에 건의 걸음이 더 빨랐기 때문이다. 남자를 스쳐 지나가며 남자의 얼굴을 슬쩍 본 건이 고개를 갸웃했다.

'목이 왜 파란색이지? 점인가……'

건이 다시 남자를 쳐다보는 것은 실례라고 생각하고 발걸음을 옮겼다. 한참을 길을 걷다 나온 시원해 보이는 나무 그늘에 앉아 배낭에서 물을 꺼내 목을 축이며 휴식을 취하던 건의 눈에 아까 본 소를 탄 남자가 보였다.

남자는 건의 앞을 느릿느릿하게 지나다 건을 보고는 곰방대로 소의 머리를 톡톡 쳤다. 소는 남자의 뜻을 알기라도 하는 듯 멈춰 섰다.

남자가 잠시 건을 뚫어지게 보다가 걸걸하고 거친 목소리로 말했다.

"야, 너 돈 있냐?"

"예? 저요?'

"여기 너 말고 또 누가 있냐? 생각보다 답답한 놈이네."

건이 어색한 표정으로 생각했다.

'뭐야, 이 아저씨는?'

건이 소 등에 누워 있는 남자를 자세히 보았다. 남자는 40대 중반쯤 되는 나이에 검은 장발을 뒤로 넘겨 하나로 묶고 콧수염을 멋들어지게 길렀지만 입고 있는 옷이 추레하기 그지없었다.

남자는 자신의 말에 대답 없이 관찰하는 눈으로 자신을 보는 건에게 곰방대로 삿대질하며 말했다.

"귓구멍이 막혔냐? 돈 있냐고, 이놈아!"

"아, 예……. 있긴 한데요."

"그래? 올라타라, 태워 줄 테니 지나가다 나오는 마을에서 식사나 한 끼 사."

"저기…… 걸어가는 게 더 빠를 것 같은……."

"타라고 이놈아!"

"아! 예!"

건이 주춤거리며 소를 보았다. 눈이 붉은 소는 광견병이 걸린 개처럼 우락부락하게 생겨 무서웠지만, 엉덩이를 약간 낮추어주며 건이 올라타기 편하게 해 주는 것을 본 건이 머뭇거리면서도 남자의 뒤에 올라탔다.

남자는 건이 뒤에 올라타자 곰방대로 소의 머리를 톡톡 치며 말했다.

"가자, 이놈아. 갈 길이 멀다."

건이 갑작스러운 상황에 사내의 뒤에서 머리를 쥐어뜯었다.

'으아, 또 거절 못 했다. 이런 때는 욕을 해주고 가버렸어야 했는데.'

뒤에 탄 건 덕분에 누워 있지 못하고 양반 다리를 하고 앉은 사내가 소의 움직임에 맞춰 고개를 이리저리 흔들며 말했다.

"어른이 태워주면 '감사합니다.' 하고 타는 거지, 무슨 생각이 그리 많냐?"

"아, 예? 아, 죄, 죄송합니다."

자기도 모르게 대답을 한 건이 고개를 갸웃했다.

'응? 생각만 한다는 걸 말로 뱉어버렸나? 어떻게 알지?'

한참 아무 말 없이 사내의 눈치를 보던 건이 주위를 스쳐 가는 경치로 눈을 돌렸다. 소는 생각만큼 느리지는 않았다. 건은 소의 엉덩이 쪽에 앉았지만, 승차감 역시 그리 나쁘지 않아 만족스러웠다. 느림의 미학이 선물해 주는 히말라야의 경치에 빠진 건이 미소를 지었다.

'소를 타고 가는 트래킹도 나쁘지 않구나. 볼을 스치는 바람도 기분 좋고, 슬슬 힘들어져서 땅만 보고 걷느라 놓친 풍경들도 이렇게 아름다웠구나.'

건이 앞에 앉아 고개를 까딱이는 남자의 뒷모습을 보았다.

'이상한 아저씨지만 덕분에 좋은 경험을 하네.'

건의 눈에 비친 남자가 갑자기 고개를 오른쪽으로 급격히 꺾더니 아까와 다른 고운 목소리와 친절한 말투로 물었다.

"그래, 자네는 어디까지 가나?"

너무도 달라진 말투에 적응을 못 한 건이 일순 말문이 막혔다.

건이 답이 없자 오른쪽으로 고개를 꺾은 채 뒤를 돌아본 사내가 다시 물었다.

"어디 불편한가? 왜 답이 없어, 불편한 것 있으면 말해."

건이 이상한 각도로 고개를 꺾고 말하는 사내를 보며 손사래를 쳤다.

"아니요, 아니에요, 너무 편하게 잘 가고 있습니다. 전 파슈파티나트 사원에 시바라티를 보러 가요."

"오! 그래? 우리도 거기로 가고 있는데, 잘 됐네. 같이 가자고."

건이 눈을 동그랗게 뜨고 주위를 두리번거렸다.

"예? 우리요? 또 누가 있으신가요?"

남자가 갑자기 고개를 푸드득 떨더니 자세를 바로 하고 목을 세운 후 점잖은 말투로 말했다.

"어흠, 아니라네. 여기 내 소와 나를 말함이지."

또 한 번 바뀐 남자의 모습에 건이 어색한 웃음을 흘렸다.

'정신적으로 불편하신 분인가 보구나, 그것도 모르고 오해했네. 그래, 가는 길이 같은데 함께 가자. 혼자 가시기 불편하

실 텐데.'

잠시 생각을 정리한 건이 밝은 표정으로 말했다.

"아, 네 그렇군요! 함께 가요, 같이 가면 외롭지 않겠네요. 삼일 정도는 가야 하는 거리니, 식사와 잠자리는 제가 해결해 드릴게요. 소를 태워주시는 대신에요, 하하."

남자가 인자한 웃음을 짓다가 갑자기 왼쪽으로 고개를 획 꺾었다.

"이놈 봐라? 생각보다 착하잖아? 이놈 뒤 봐주는 놈이……"

다시 고개를 푸드득 떨며 정자세로 돌아온 남자가 말했다.

"어흐흠, 아니야, 내 혼잣말 한 거니 신경 쓰지 말게."

건이 괜찮다는 듯 어깨를 으쓱하며 말했다.

"네, 알겠습니다."

"자네 이름이 뭔가?"

"네, 저는 케이라고 해요."

"음 그렇군, 케이라……"

"네, 아저씨는 이름이 뭐예요?"

"나는 브라…… 아니, 비라시 라고 하네."

"아, 비라시 씨 군요? 반가워요."

"그래, 사원까지 잘 부탁하네."

다시 앞으로 고개를 돌린 비라시가 고개를 자꾸 이리저리 꺾으며 중얼거렸다. 자꾸 다른 성격에 다른 목소리로 투덕거

리는 것 같았지만, 네팔어로 말하는 비라시의 말을 알아들을
수 없는 건은 그저 정신적인 장애가 있는 사람으로만 보았다.

'브라흐마, 촌스럽게 비라시가 뭐야 비라시가?'

'설마 브라흐마 너…… 비슈누, 브라흐마, 시바의 한 글자씩
만 따서 말한 거냐? 어후 유치해.'

'조용해, 이놈들아! 저 아이가 날 미친놈처럼 보고 있는 거
안 보여? 너희들 때문에 이게 무슨 창피야? 그리고 시바, 너 저
아이 앞에서 가마긴 이야기 한 번만 더 꺼내면 네 쪽으로 고
개 못 꺾게 목에 수건이라도 감아둘 테니 조심해.'

끊임없이 중얼거리는 남자의 뒤에 탄 건이 그의 말에 귀를
기울였지만, 네팔어를 알아들을 리 만무한 건이 결국 어깨를
으쓱하며 소 등에 탄 채 주위의 풍경을 즐겼다.

웅장한 산세를 감상하며 웃음 짓고 있는 건은 눈치채지 못
했지만, 건의 시야에는 어떤 산새도 보이지 않았고, 어떤 동물
의 울음소리도 들리지 않았다. 그저 귓가를 스치는 바람 소리
만 들려올 뿐.

늦은 오후.

가도 가도 끝이 없는 절벽 길은 느긋한 검은 소가 꼬리로 엉

덩이를 때리며 걷는 발굽 소리만이 울리고 있었다.

소의 뒷자리에 앉아 산세를 바라보고 있던 건의 눈에 저 하늘 멀리 홀로 창공을 누비고 있는 솔개 한 마리가 들어왔다. 산에 걸린 해에 가려 그림자만 보이는 솔개를 자세히 보기 위해 눈 위에 손을 올리고 인상을 찌푸리는 건이었다.

"와, 엄청나게 큰 새네요! 비라시 씨, 저기 보세요."

건의 말을 들은 비라시가 건이 가리키는 곳을 보지도 않은 채 고개를 까딱이며 고운 미성으로 말했다.

"가루다라고 불러."

"예? 가루다요? 새 이름이 가루다예요?"

"아주 먼 옛날 현자 카시아파라는 사람이 있었어, 그에게는 두 명의 아름다운 부인이 있었는데, 그녀들의 이름은 카드루와 비나타라고 했단다. 카드루라는 부인은 천 마리의 뛰어난 뱀을 낳기를 원했고, 비나타는 아들들의 힘과 용맹이 카드루의 자식보다 뛰어나야 한다고 생각했지."

"아······. 저 새에 얽힌 신화예요?"

"응, 들어봐. 결국, 카드루는 천 개의 알을 낳았고, 비나타는 단 두 개의 알만 낳았어. 500년 후 천 마리의 뱀이 카드루의 알에서 나왔는데, 비나타의 알은 부화되지 않는 거야. 참다못한 비나타가 알 하나를 깨보니, 상반신만 성장한 태아가 들어 있었어. 태아는 마루나, 즉 새벽녘 하늘에 번지는 붉은빛이 되었어. 마루나는 어머니를 저주하면서 하늘로 날아가, 지금도 하늘에 머물러 있다고 해."

"와, 뭔가 멋지네요. 새벽 하늘에 붉은빛이 비나타의 첫째 아들이었군요, 그럼 저 가루다는요?"

"마루나가 자신을 저주하며 떠나자 꾹 참고 500년을 더 기다린 비나타의 두 번째 알에서 태어난 아이지. 가루다는 가장 위대한 새이며, 우주의 수호자가 타고 다니는 새이고, 태양이 서쪽으로 움직이지 않을 때 태양을 날개에 실어 서쪽으로 운반하는 태양신이기도 하단다."

건이 새삼스러운 눈으로 솔개를 바라보며 말했다.

"멋지네요. 그런데 우주의 수호자가 타고 다니는 새라고요? 그게 누군데요?"

"그건 바로……."

말을 하던 갑자기 비라시가 갑자기 몸을 부르르 떨더니 고개를 왼쪽으로 획 꺾고는 걸걸한 목소리로 말했다.

"우주의 수호자 좋아하시네, 평화 사랑한다는 개소리로 포장된 겁쟁이 주제에 무슨."

비라시가 고개를 왼쪽으로 꺾은 채 건을 돌아보았다.

"이놈아. 저 새대가리는 어떤 겁쟁이 녀석이 천국에 마실 다녀오다 우연히 만나 길들인 녀석이야. 우주의 수호자는 헛소리였으니, 내가 개소리를 했다고 생각해라."

갑자기 비라시가 손에 든 곰방대로 스스로의 얼굴을 때리기 시작했다.

"아야! 야, 그만해!"

건이 어색하게 웃었다.

'또 발작이 시작된 건가……. 하하.'

건이 한참을 자기 머리를 곰방대로 내려치고 있는 비라시를 보며 말했다.

"저기, 비라시 씨. 슬슬 배고프지 않으세요? 전 배에서 천둥 번개가 치는데."

곰방대를 든 손을 다른 한 손으로 부여잡은 비라시가 말했다.

"저 해가 지기 전에 쉴 곳이 나타날 거다. 좀 참아라."

"아…… 예……. 여기 지리를 잘 아시겠군요."

"그럼 여기서 몇만 년을 살았는데."

"예? 몇만 년이요?"

비라시가 고개를 푸드득 떨며 고개를 바로 한 후 건을 돌아보았다.

"어흠, 아니네. 내가 또 헛소리를……. 곧 식사와 잠을 잘 수 있는 곳이 나올 테니 조금만 참으시게."

"아……. 네, 알겠습니다. 하하……."

비라시의 말은 정확했다. 소를 타고 약 30분여를 더 걷자, 트래커들을 위한 로찌가 모습을 드러내었다. 1층 건물의 로찌는 커다란 테라스가 있었고, 산 중턱에 지어져 1층과 지하의 경계가 모호했다.

소가 로찌 앞에 멈춰 서자 비라시가 소 등에서 내리며 말했다.

"자, 들어가세. 난 돈이 없으니 자네가 해결 좀 해줘야겠어."

"아, 네! 알겠습니다, 비라시 씨."

소의 등에서 뛰어내린 건이 방을 잡기 위해 로찌로 들어가자 혼자 남은 비라시가 곰방대로 소의 머리를 톡톡 치며 말했다.

"어디 가서 풀을 뜯다 내일 오거라."

검은 소는 붉은 눈알을 뒤룩뒤룩 굴리다 다시 느릿느릿 걸어 숲으로 사라졌다. 곰방대에 남은 담뱃재를 바닥에 털어 버린 비라시가 모찌로 들어왔다.

카운터에서 선불 계산을 하고 있던 건이 비라시에게 말했다.

"방이 하나뿐이라는데, 함께 방을 써도 되시겠어요, 비라시 씨?"

"그럼, 신세 지는 주제에 뭘 가리겠나? 순리대로 하시게."

"예, 그럼 오늘 밤은 함께 자요, 하하."

건이 계산을 마치고 요기를 하기 위해 테라스로 나왔다. 테라스에는 식탁이 여러 개 놓여 있었는데, 방을 예약한 손님들이 아직 오지 않았는지 아무도 없었다.

건이 테라스에 나왔을 때는 이미 가장 경치가 좋은 자리에 앉아 산을 바라보고 앉은 비라시의 모습이 보였다.

건이 의자를 빼 비라시의 맞은편에 앉으며 말했다.

"주인 말로는 여기 음식 중에는 차우면과 모모가 제일 맛있다고 해서, 그걸로 시켰는데 괜찮으세요?"

산을 바라보던 비라시가 아무 말 없이 고개를 끄덕였다. 건이 의자를 돌려 앉아 비라시와 함께 산이 주는 시원한 바람을 맞으며 경치를 감상했다.

아무 말 없이 산을 바라보던 비라시가 산 뒤를 막 넘어가는 태양을 바라보며 말했다.

"음악을 하는 사람인가?"

"네, 어? 어떻게 아셨어요?"

"기타를 가지고 있으니 물어봤지."

"아, 제가 기타를 가지고 있었죠, 하하."

비라시가 건의 옆 모습을 힐끗 보며 물었다.

"자네는 어떤 음악을 하지?"

건이 잠시 턱을 괴고 생각해 본 후 말했다.

"아직 학생 신분이라 어떤 음악을 하는 사람이라고는 말 못해요."

"그럼 아직 자네의 음악은 없는 건가?"

"몇 개 있긴 한데. 어떤 음악이라고 딱 규정짓긴 어렵네요,

하하."

"앞으로 음악으로 먹고살 생각이야?"

"아마 그렇게 되겠죠? 이번에 일이 좀 있어서 돈을 좀 벌어 보니 이걸로 먹고 사는 건 충분하겠더군요, 하하!"

비라시가 건을 뚫어지게 보았다. 건은 비라시가 자신을 훑어보자 마치 벌거벗겨진 채 시장 한가운데 서 있는 기분이 들었다.

건이 민망한 표정을 짓자 비라시가 곰방대를 테이블에 톡톡 털며 말했다.

"돈은 훌륭한 종이이지만, 최악의 주인이기도 하네. 그것은 비료와 같은 것이라 뿌리지 않으면 아무 의미가 없어지지."

건이 갑자기 세상을 달관한 현자 같은 말을 하는 비라시를 멍하니 바라보았다.

비라시가 잠시 뜸을 들이다 다시 입을 열었다.

"아직 배우는 학생이라니 조언 몇 개 하지. 책을 많이 읽으시게. 책이 옛것이라면 더 좋지. 선조가 주는 지혜는 어리석은 것도 있지만, 세상의 진리가 담겨 있는 것도 있으니 말이야. 그런 책이 주는 교훈을 그대로 받아들이는 것도 어리석은 짓이야. 그것에 자네의 생각을 담아 표출하게. 그리고 그것이 음악이 된다면 좀 더 좋은 음악이 나올 수 있을 거야."

건이 자세를 바로 한 후 말했다.

"좋은 말씀 감사합니다, 비라시 씨. 그런데 책이라고 모두 좋은 건 아닌 것 같아요. 어떤 책은 보는 내내 제 사상과 맞지 않아 얼굴이 찌푸려지기도 하거든요."

비라시가 고개를 끄덕이며 말했다.

"그런 책은 그냥 훑어보면 되지. 또 어떤 책은 이해만 하면 되기도 하고, 또 다른 책은 깊이 음미해야만 한다네. 자네의 사상과 틀리다는 것은 자네의 고정관념과 다르다는 것일 수도 있어. 그것이 꼭 틀린 것은 아니라네. 트집을 잡거나 반박하기 위해 책을 읽지 말게, 또 무조건 수용하기 위해 책을 읽지도 말게. 오직 깊이 생각하고 성찰하기 위해 읽게나."

건이 비라시가 한 말을 받아들이며 깊은 생각에 빠졌다. 자신이 어떤 자세로 독서를 해 왔고, 어떤 책을 어떤 기준으로 양서와 그렇지 않은 책으로 구분했는지 천천히 생각해 보았다. 생각에 빠진 건을 보던 비라시가 고개를 왼쪽으로 꺾었다.

온화했던 방금과는 눈빛부터 사납게 바뀐 비라시가 생각에 잠긴 건에게 말했다.

"나는 음악과 춤을 사랑한다. 그래서 많이 듣기도 하고 부르기도 하지. 그런데 어떤 놈들이 쓴 음악은 그 음률이나 가사가 형편없단 말이지."

건이 조용히 눈을 감은 채 말했다.

"어떤 점이 형편없었나요?"

비라시가 곰방대로 테이블을 몇 번 치며 손가락 세 개를 들어 보이며 말했다.

"인간은 말이야, 세 가지의 중요한 오류를 범해. 모두가 그런 것은 아니지만, 예술이라는 것으로 다른 이의 마음을 움직이는 예술가는 이 세 가지 오류를 반드시 뿌리 뽑은 후 작품을 만들어야 해."

"세 가지 오류가 무엇인가요?"

비라시가 손가락 하나를 들며 말했다.

"첫 번째 오류. 인간 중심적인 사고에서 오는 오류. 새들이 우는 소리를 슬피 운다고 표현하거나, 거북이는 느림보라고 말하는 것이 대표적이지. 새 소리가 왜 슬픈가? 그들의 감정을 아는가? 거북이가 느리다고? 인간에 비해 느린 거겠지."

비라시가 손가락 두 개를 펴며 말했다.

"두 번째 오류. 개인의 경험이나 편견에서 오는 오류. 자신의 경험이 마치 세상의 진리인 양 떠드는 것이지. 개인 세상은 편협해. 사람이 살며 만날 수 있는 다른 인간의 삶은 아주 적지. 그래서 책을 보며 다른 이의 삶을 보고 배우며, 나와 다름이 틀린 것이 아니라는 것을 인정해야 하는 것이야."

비라시가 손가락 세 개를 펴며 말했다.

"세 번째 오류. 잘못된 규범을 맹신할 때 오는 오류. 전통이나 책, 권위자의 말을 무조건으로 맹신할 때 생기는 오류야.

예를 들어 정말 유명한 작가가 그린 설정과 다른 것은 틀렸다고 생각하는 마음이지. 또, 인간이 만든 법이 잘못되었음에도 고치지 않고 그것에 맞추어 살아가는 것이 그러하다."

여전히 눈을 감고 비라시의 말에 귀를 기울이는 건이 더 깊은 상념에 빠졌다.

비라시가 다시 고개를 푸드득 떨며 목을 오른쪽으로 기울이고는 미소를 지은 채 고운 목소리로 말했다.

"그리고 용서를 노래해요. 용서는 왕의 역할이지만, 복수는 저급한 자의 행위일 뿐이에요. 그리고 사랑하세요. 누군가를 사랑하면서 그와 동시에 현명해진다는 것은 불가능한 일이기도 하지만, 개인을 사랑하기보다 세상을 사랑해 봐요. 자기 자신만을 사랑하는 인간은 사회를 거칠고 삭막하게 만드니까요."

눈을 감은 건을 보며 예쁜 웃음을 짓던 비라시가 다시 한번 입을 열었다.

"외모의 아름다움보다 품위 있는 태도를 가지세요. 외모는 여름철 과일과 같아 오래가지 않으니까요, 아! 당신에겐 해당되지 않을지도 모르겠군요. 여하튼…… 당신 주위의 사람을 소중히 하세요. 현명한 친구에게 충고를 구하는 것은 더 현명한 자가 취하는 행동입니다. 관전자는 늘 경기자보다 사태를 잘 분석하니까요."

음식이 나오고, 비라시가 식사를 마칠 때까지 건의 상념은 계속되었다. 비라시는 건의 상념에 방해를 주지 않으려는 듯 수저 소리가 나지 않게 식사를 마친 후 남은 음식을 건의 앞에 놓아주고는 조용히 일어나 방으로 들어갔다.

눈을 감고 생각의 늪에 빠진 건의 머리 위에 그를 지켜보고 있는 가루다의 거대한 그림자가 맴돌았다.

늦은 밤까지 생각을 거듭하던 건이 새벽녘이 되어야 잠이 들었다. 다음 날 눈을 떠보니 비라시는 이미 침대에 없었다.

'어? 비라시 씨가 어딜 가셨지?'

한참 로찌 주변을 찾아보던 건이 카운터로 가 물었다.

"실례합니다. 혹시 어제 저와 함께 온 분을 못 보셨나요?"

네팔 전통 모자인 다카토피를 쓰고 수염이 난 키퍼가 영어로 말했다.

"혹시 소를 타고 다니시는 분을 말함이시라면, 새벽 일찍 길을 떠나셨습니다. 아침부터 어딜 가시냐고 물었더니 그저 웃으시며 소를 타고 사라지셨지요."

"아…… 그렇군요. 알겠습니다. 감사해요."

건이 방으로 올라와 흩어두었던 짐을 배낭에 밀어 넣었다.

'정신도 온전하지 않으신 분인데, 혼자 가시다 길이라도 잃으시면 어쩌지? 혹시 파슈파티니트 사원에서 다시 만날 수 있을까? 말씀이라도 해주고 가시지……. 어제 배운 것도 많아서 아침 식사라도 대접하고 싶었는데.'

건이 로찌를 나서기 전 키퍼에게 파슈파티니트 사원으로 가는 길을 묻고, 키퍼가 알려주는 방향으로 발걸음을 돌렸다.

깎아지른 절벽을 따라 난 길은 곧 끝이 났고, 깔끔하게 포장된 도로가 나왔다. 도로에 간간이 차가 다니고, 축제에 참석하기 위한 사람들이 하나둘씩 보이기 시작했다.

사원과 가까워질수록 사람들의 행렬이 많아졌고, 급기야 한국 유흥가 밀집 지역의 금요일처럼 많은 사람과 함께 길을 걷게 되었다.

선글라스를 쓰고 네팔리들의 모습을 보고 있던 건의 눈에 멀리 보이는 파슈파티니트 사원이 들어왔다.

웅장한 사원의 모습을 자세히 보기 위해 선글라스를 벗은 건이 눈을 게슴츠레하게 뜨고 사원을 자세히 보았다.

'엄청나게 크구나! 저게 몇 층이야?'

한참 사원을 보고 있던 건의 옆 모습을 본 네팔리가 화들짝 놀라더니 소리쳤다.

"데바, 데바시다! 데바께서 힌두의 사원에 오셨다!"

주위에서 함께 걷던 네팔리들 시선이 건에게 모였다.

건은 갑작스레 사람들의 시선이 모이자 어색한 웃음으로 한 손을 들었다.

"아하하, 안녕하세요?"

한 할머니가 다가와 눈물을 글썽이며 건의 손을 잡았고, 길

을 걷다 말고 무릎을 꿇고 건을 향해 엎드리는 사람들이 생겨
났다. 건이 당황하며 자신의 손을 잡은 할머니를 내려다 보았
다. 할머니는 끊임 없이 무언가를 말하며 건의 손을 꼭 잡았다.

"아…… 아하하, 예, 예. 감사합니다. 그런데 전 데바가 아니
에요, 할머니."

한 사람은 네팔어로, 한 사람은 영어로 서로의 입장을 이야
기했지만 서로 이야기가 통할 리 만무했다. 곤란해진 건이 할
머니를 뿌리치지 못하고 멀뚱히 서 있자 길을 걷다 그 모습을
본 외국인 여행객들이 소리쳤다.

"꺄악! 케이야!"

"어디, 어디? 헉! 진짜잖아?"

"뭐야, 어디? 와 진짜 케이다! 네팔에 와 있다고 하길래 운 좋
으면 마주칠 수도 있겠다 싶었는데!"

다행히 건의 주위에 모여들고 있는 네팔리들 덕분에 외국인
여행객들의 접근이 자연스레 막아 진 건이 곤란한 눈으로 주
위를 두리번거렸다.

저 멀리 사원 앞에 서 있는 지팡이를 든 노인을 본 건이 반
색하며 손을 마구 휘둘렀다.

"티모 촌장님! 티모 촌장님! 저 좀 도와주세요!"

지팡이를 짚은 채 근엄한 표정으로 사원으로 들어가는 사
람들을 보고 있던 티모가 놀라며 건을 보았다. 티모가 자신

옆에 시립해 있던 하인에게 무언가를 지시하고는 헐레벌떡 뛰어 왔다.

네팔리들은 티모가 다가오자 조금씩 자리를 비켜 길을 열어주었다.

"데바! 오셨군요!"

건이 손을 이마에 짚으며 힘없이 웃었다.

"데바 아니라니까요."

"하하, 예. 데바."

"에휴…… 촌장님 저 좀 구해주세요."

"아, 예. 알겠습니다, 데바."

티모 촌장이 건을 둘러싼 네팔리들을 바라보면 근엄하게 외쳤다.

"길을 열어라! 데바께서 시바라티에 오셨다!"

티모가 지팡이를 휘두르자 네팔리들이 홍해의 기적을 재현하는 것 마냥 길을 열었다.

티모가 지팡이로 앞을 가리키며 말했다.

"드시지요, 데바."

티모의 안내에 따라 사원 입구에 선 건에게 네팔 경찰 복장을 한 남자가 검지 손가락을 까딱이며 다가왔다.

"힌두의 사원에 외국인은 출입할 수 없습니다."

티모가 갑작스레 지팡이를 휘둘러 경찰의 머리를 쳤다. 세게 머리를 맞은 경찰이 황당하다는 눈으로 옆에 선 티모를 보더니 놀란 눈으로 허리를 숙였다.

"브라만 티모를 뵙습니다."

"이분이 데바시다. 길을 열어라."

경찰이 고개를 들고 경악한 얼굴로 건을 보고는 황급히 다시 고개를 숙였다.

"부디 용서를!"

건이 아니라는 듯 황급히 경찰의 팔을 잡아 일으켰다.

"아니에요, 괜찮습니다. 일어나세요."

경찰은 건이 자신의 팔을 잡자 감격스러운 표정으로 자신을 잡은 건의 손을 보았다.

경찰이 조용히 물러서 시립하자 티모와 함께 사원으로 들어선 건이 물었다.

"원래 외국인은 출입이 안 되나요? 힌두교는 포용의 종교라고 배웠는데."

티모가 인자한 웃음을 지으며 말했다.

"힌두는 포용의 종교이지만 또 어떤 종교보다 배타적이기도 하지요. 힌두교인으로 태어나지 않았다면 진정한 의미의 힌두교인으로 인정받지 못합니다. 아무리 믿음이 신실해도 말입니다. 그래서 신성한 종교 의식에는 진정한 힌두교인만 출입할 수 있지요."

"아, 예를 들면 가톨릭이나 개신교의 모태신앙 같은 말이네요."

"비슷한 맥락입니다, 데바."

"어? 그런데 저건 뭐에요?"

건이 의아한 눈으로 가리키는 곳에는 남자들과 여자들이 사원 앞에 설치된 구식 샤워기 아래에서 상의를 탈의한 채 목욕을 하고 있는 모습이 펼쳐져 있었다. 여자들은 남자들이 줄을 서서 보고 있음에도 상의를 벗고 흐르는 물에 몸을 씻고 있었다.

"시바의 경건한 후손이 되기 위한 첫 번째 의식입니다. 몸을 깨끗이 씻고 신발을 벗고 들어가지요. 저는 이미 했습니다. 데바께서도 하시지요."

"예? 저도요?"

"예, 제사에 참석하시려면 반드시 하셔야 합니다. 그렇지 않다면 저기 저 외국인 관광객들처럼 사원 밖에서만 보셔야 하지요."

건이 눈을 돌려 자신이 걸어 들어온 입구를 보자 제지하고 있는 경찰들에 막혀 정문 앞에서 보이는 사원 내의 모습만 보고 있는 관광객들이 보였다.

할 수 없이 윗옷을 벗고 신발을 벗은 후 옆에 가지런히 놓은 건이 자신의 차례가 되길 기다렸다. 건의 바로 앞에 선 남자가 기다리다 지쳤는지 기지개를 켜며 뒤를 돌아보다 건과 눈이 마주쳤다.

황급히 손을 내린 그가 정중히 합장을 하더니 옆으로 한 걸음 물러서며 손을 앞으로 가리켰다. 건이 고개를 갸웃하자 티모가 말했다.

"양보해 주는 것입니다. 앞으로 가시지요."

"아, 감사해요. 던여밧."

건이 합장을 하며 인사하자 남자가 허리가 부러져라 숙이며 맞절을 했다. 그 소리를 듣고 줄을 선 사람들이 일제히 뒤를 돌아보더니 건을 보자마자 허리를 숙이고 자리를 비켰다. 앞에 줄을 선 서른 명이 넘는 사람들이 일제히 비켜서자 목욕을 하는 곳까지의 길이 뻥 뚫렸다.

민망해진 건이 볼을 긁으며 앞으로 나서자, 건이 스쳐 지나가는 사람들이 일제히 허리를 더욱 숙였다.

녹슨 파이프를 통해 흘러나오는 물은 옆에 흐르는 바그마티 강의 색과 비슷한 색으로 황토색 물이었다. 물의 색을 본 건이 티모에게 물었다.

"이거 그냥 강물인 건가요?"

티모가 사원의 옆을 흐르는 강물을 지팡이로 가리키며 말했다.

"바그마티 강은 인도의 겐지스 강의 원류로, 시바신의 입에

서 시작된 물줄기라 합니다. 신성한 물이니 냄새가 좀 나더라
도 씻으시지요, 데바."

건이 물 냄새를 맡아보고 인상을 찌푸렸지만, 자신을 보고 있
는 수많은 네팔리의 시선을 보고는 빠르게 몸을 씻었다. 차가운
물이 건의 상체를 적시자 정신이 번쩍 들고 상쾌한 기분이 들었
다. 목욕을 마친 건에게 큰 수건을 넘겨준 티모가 말했다.

"신발을 신지 마시고, 참배를 하러 가시면 됩니다."

수건으로 젖은 몸을 닦던 건이 사원으로 올라가는 계단에
간간이 앉아 담배 같은 것을 피우고 있는 사람들을 가리키며
물었다.

"저 사람들은 왜 팬티만 입고 저러고 있어요? 거지인가요?"

"사두라고 불리는 고행자입니다. 외국인의 눈에는 거지와
분간을 하기 어렵겠지요."

"아, 죄송해요. 제가 몰라보고."

"괜찮습니다. 저들은 구걸을 한 돈으로 제물을 사 바치는 신
성한 수도자입니다. 하지만 구걸을 한다는 것이 거지를 뜻하
는 것이라면 거지라는 말도 틀리지 않지요, 허허."

건이 티모를 따라 참배를 하는 곳으로 올라갔다. 맨발이라
발이 좀 아팠지만 시원한 바닥이 그대로 느껴지는 기분은 그
리 나쁘지 않았다.

가만히 발에 느껴지는 생소함을 받아들이던 건이 문득 말

했다.

"그런데 촌장님. 사람들이 다들 무언가 들고 있는데, 혹시 저거 제물인가요? 전 아무것도 가져오지 못했는데 어쩌죠?"

"허허, 제가 준비해 뒀습니다. 가져와라!"

티모의 말이 떨어지자 하인이 보자기에 싼 흑염소 새끼를 가져왔다. 티모가 보자기를 받아 건에게 건네며 말했다.

"이것을 바치면 됩니다, 데바."

"흑염소네요? 귀엽게 생겼다. 다 큰 흑염소는 좀 무섭게 생겼던데, 하하"

"너무 귀여워하지 마십시오. 제물로 바치면 목이 잘려 신에게 바쳐지니까요."

"예? 이렇게 어린 염소를요?"

"하하, 의식의 일부분입니다."

"아, 예……"

건은 순진한 눈으로 자신에게 펼쳐질 미래에 대해서는 아무 것도 모르는 듯한 아기 염소를 안쓰러운 눈으로 바라보다 보자기를 한 손에 들고 티모를 따라 걸었다.

앞에 서 있던 네팔리들이 티모와 건을 보자마자 부산하게 자리를 비켜주었다.

잠시 후 계단 최고 층에 도달한 건이 벽에 양각되어 있는 시바신의 조각 앞에 염소를 놓아 둔 후 참배를 올리는 티모를 따라 눈을 감고 합장을 했다.

잠시 눈을 감고 뭔가를 중얼거린 티모를 멀뚱한 눈으로 보던 건이 티모가 눈을 뜨자마자 물었다.

"뭔가를 비는 건가요? 소원?"

합장을 한 채 눈만 뜬 티모가 웃으며 말했다.

"힌두는 신께 소원을 빌지 않습니다. 그저 신의 뜻대로 흐르기를 바라는 것이요. 서양의 카니발과는 다릅니다. 신 자체를 경배하기 위한 축제로 춤을 추고 떠들지는 않습니다, 데바."

"신에게 바라는 것이 없는데 왜 종교를 가져요?"

"우리를 만든 신에 대한 경배는 인간이 가져야 할 당연한 덕목이지요. 뭔가를 바라고 소원하기 위해 신을 찾는 힌두교인은 없습니다, 데바."

"아…… 재미있네요."

건의 눈에 아까 본 거지들이 보였다. 티모가 사두라고 말한 사람들은 하얀색 팬티만 입고 얼굴에 무언가를 잔뜩 칠한 채 경건한 표정으로 구걸해 모은 제물들을 시바의 제단 앞에 놓고 절을 올렸다.

건은 그들의 표정에서 가난에 찌든 삶의 피곤함을 찾아볼 수 없었다. 구걸로 연명하는 사람들이 그 구걸한 제물들을 신께 바치고 가벼운 발걸음으로 돌아가는 모습은 신성해 보이기까지 하였다.

제물을 바치고 계단을 내려가는 그들의 모습을 보고 있던 건의 눈에 저 멀리 계단 아래에 서 있는 한 사람이 들어왔다.

"어! 비라시 씨! 여기 계셨구나!"

건은 비라시를 보고는 그대로 계단을 뛰어 내려갔다.

정신이 온전하지 않은 비라시에 대한 걱정도 있었지만, 자신에게 음악을 대하는 자세에 대해, 또 세상을 살아가는 사상에 대해 가르침을 준 비라시에 대한 고마움도 있었기 때문이었다.

한달음에 계단을 뛰어 내려간 건이 계단 아래에서 뒷짐을 지고 위를 올려다보고 있는 비라시에게 다가가 외쳤다.

"비라시 씨! 여기 계셨군요! 아침에 한참 찾았어요, 말도 없이 그냥 떠나시면 어떡해요? 어차피 목적지도 같은데 함께 가시지 그러셨어요."

비라시가 우수에 젖은 눈으로 사원을 올려다보았다. 건은 뭔가 분위기가 다른 그를 보고는 말을 멈추고 조용히 그를 보았다.

사원의 모습과 신을 경배하는 사람들의 모습을 관조의 눈빛으로 지켜보던 비라시가 건과 눈을 마주치지 않은 채 한 걸음을 내디디며 말했다.

"잠시 걷지."

비라시는 건의 답 따위는 필요하지 않다는 듯 바그마티 강의 길을 따라 걷기 시작했다. 먼저 걸음을 걷는 비라시의 뒷모습을 보던 건이 곧 그에게 따라붙었다.

비라시는 강물에 몸을 씻거나 강물 옆에 거대한 모닥불을 피워두고 기도하는 사람들을 보며 걸음을 옮겼다. 강 길을 따라 십 여분을 걷자 사원의 외각 갈대밭이 나왔다.

바람이 불어 갈대가 누웠지만, 끝없이 펼쳐진 갈대밭은 그들에게 필요 이상의 시야를 허락하지 않았다. 바람이 부는 갈대밭 앞에 뒷짐을 지고 하늘을 보던 비라시가 입을 열었다.

"갈대의 나부낌에도 음악이 있다. 시냇물의 흐름에도 음악이 있다. 마음의 귀를 가지고 있다면 모든 사물에서 음악을 들을 수 있다. 들어보아라."

비라시의 말에 건이 바람에 몸을 맡기고 몸을 누이고 있는 갈대들을 보았다. 산에서 내려오는 시원한 바람의 소리, 그 바람 소리가 갈대 사이를 누비는 소리, 멀리 들리는 작은 새들의 소리가 들렸다.

건이 조용히 귀로 들려오는 소리에 집중을 하고 있자, 비라시가 다시 말했다.

"귀로 듣지 말라. 마음으로 들어라."

비라시의 말에 건이 살며시 눈을 감았다. 여전히 마음의 귀는 뜨이지 않았지만 자연이 주는 소리는 금세 건의 마음을 편안하게 가라앉혔다.

건이 눈을 감고 있는 모습을 보고 있던 비라시가 발을 들어 앞에 있는 갈대를 지그시 밟았다.

"음악은 잠들지 않고 꾸는 꿈이다. 음악을 듣는 동안 너의 자아는 새로운 단계로 전이되고 그 속에 사는 동안 그것은 현실을 지배하기 때문에 곧 꿈은 현실이다."

비라시가 정확한 박자로 갈대를 밟자, 그것은 퍼커션과 드럼같이 자연의 소리에 박자를 주었다.

눈을 감은 건의 귀로 비라시가 밟고 있는 갈대의 소리를 중심으로 한 자연의 음악 소리가 들리기 시작했다. 바람 소리는 바이올린 소리가 되고, 갈대가 몸을 누이며 내는 소리는 하프 소리로 변했다. 새의 소리가 실로폰처럼 울려 퍼지고, 건의 자아에서 발현되는 소리가 하나로 합쳐졌다.

건이 자연이 주는 음악 소리에 감격한 채 얼굴에 빙그레 미소를 띠었다.

갈대를 밟아대고 있던 비라시가 고개를 돌려 건에게 말했다.

"항상 꿈을 꾸어라. 꿈에서 스승을 만나고, 꿈에서 배우거라. 너의 그 꿈은 헛된 망상이 아니라 너의 걸음을 인도하는 불빛으로 영원히 빛날 것이니."

"어릴 때부터 항상 꿈을 꾸었습니다. 꿈에서 수많은 스승을 만나고 배웠습니다. 그것이 지금의 나를 만들었습니다."

"그래? 그럼 지금의 너는 무엇을 위해 연주하고, 노래하는가?"

건이 눈을 감은 채 말했다.

"내가 연주를 하는 이유는 세상에서 가장 훌륭한 음악가에게 들려주기 위해서입니다. 아마 그는 매번 그 자리에 없겠지만 그래도 나는 항상 그가 날 지켜보고 있다는 생각으로 연주하고, 또 노래합니다."

"네가 생각하는 가장 훌륭한 음악가는 누구인가?"

"내가 생각하는 가장 훌륭한 음악가는 세상의 모든 어머니입니다."

"인간의 어머니들을 말함인가?"

"아닙니다. 세상을 관조하고 내려다보는 누군가를 말함입니다."

"신을 말함인가?"

"글쎄요, 누가 되었든 인간은 아닐 것 같습니다."

"그렇군."

비라시가 고개를 돌려 사원 쪽을 바라보았다.

"네팔에 와 무엇을 느꼈는가?"

건이 여전히 눈을 뜨지 않은 채 말했다.

"고통받는 이를 보았습니다. 도움의 손길을 뻗기 위해 노력했습니다. 일도 하고, 모금 방송도 하고, 돈을 벌어 기부도 해 보았습니다."

"그래서 어찌 되었는가?"

"모르겠습니다. 그들에게 큰 도움이 되었는지, 아니면 그저 수많은 도움의 손길 중 하나였는지."

"고통스러운 슬픔으로 가슴에 상처를 입고, 슬픔에 마음이 혼란스러울 때, 음악은 은빛 화음으로 빠르게 치유의 손길을 내민다. 돈과 제물로 주는 도움도 중요하나 너의 음악으로 사람들에게 치유를 줄 수 있는 방법을 찾아라."

"저는 아직 모르겠습니다. 어찌하면 치유의 손길을 내밀 수 있습니까?"

"너의 인생이란 음악을 연주해라. 돈이 필요하지 않은 것처럼 음악을 만들어라, 한 번도 상처 받지 않은 사람처럼 사랑해라, 그리고 아무도 보고 있지 않은 것처럼 춤춰라. 그리하면 너의 음악에 치유의 힘이 담길 것이니라."

"당신이 말한 삶을 살면 세상 모두에게 나의 음악이 행복으로 전해질 수 있습니까?"

"같은 것이라도 모두에게 같이 들리는 것은 아니다. 음악은 우울한 이에게는 좋은 것이고, 슬픈 이에게는 나쁜 것이고, 귀 머거리에게는 좋지도 나쁘지도 않은 것일 뿐이니까."

"그럼 어찌하면 되겠습니까? 당신의 말대로 살아가도 내 음악은 어느 사람에게는 좋은 것이고, 또 누군가는 나쁘고, 또 다른 누군가는 그저 그럴 뿐이 아닙니까?"

"그저 물처럼 살 거라. 물의 모양을 본받거라. 장애물이 없으면 물은 흐른다. 둑이 가로막으면 물을 멎는다. 물이 모여 둑이 터지면 또다시 흐른다. 네모진 그릇에 담으면 네모가 되고, 둥근 그릇에 담으면 둥글게 된다. 그토록 겸양하기 때문에 물은 무엇보다 필요하고 또 무엇보다도 강하다. 너는 그리 살 거라."

건이 입을 다물었다. 비라시와의 대화를 통해 또 한 번 건은 상념의 늪으로 빠져들었다.

비라시는 건을 방해하지 않으려는지 혹은 더 큰 도움을 주려는지 계속해서 갈대를 밟으며 자연의 음악을 지휘했다.

건이 눈을 뜬 것은 두 시간이 넘게 지난 후였다. 물론 건은 10분가량 지난 정도로 생각했지만 때는 이미 늦은 오후로 달려가고 있었다.

맨발로 갈대밭을 밟으며 걸어 다니고 있는 비라시를 보던 건이 말했다.

"당신은 누구입니까?"

비라시가 늦은 오후지만 강하게 내리쬐는 태양을 바라보며 말했다.

"나는 폭풍우이고, 달의 눈이며 상서로운 존재이다. 또 나는 삼계의 왕이기도 하다."

건이 갈대밭 위에 서서 뒷짐을 지고 자신을 바라보는 비라시를 보았다. 비라시가 다시 하늘을 보자 태양 빛 아래 거대한 솔개가 날아올라 그의 머리 위를 맴돌았다.

"가루다가 말했다. 히말라야의 동물을 네가 보살펴 주었다고. 가루다가 부탁했다. 너에게 고맙다고 전해달라고."

건이 고개를 들어 태양을 가릴 듯 거대한 솔개를 보았다. 태양빛으로 인해 거대한 검은 실루엣만 보이는 솔개는 건에게 말을 걸 듯 길게 울었다.

삐이이이이이익!

건의 눈이 감기고 다시 상념에 빠져들었다.

비라시가 마치 그자리에 없었던 것처럼 사라졌다.

♪♪♩

안나프루나의 정상. 하얀 설산에 눈보라가 불어 앞이 보이지 않았지만, 옷자락 하나 나부끼지 않고 맨발로 눈밭을 걷고 있는 비라시는 마치 봄바람이 살랑거리며 몸을 간질이는 것처럼 평온하기 그지없었다.

그의 눈에 거대한 동굴이 들어왔다. 거대한 동굴은 새하얀 눈 속에 검은 입을 크게 벌리고 있었다.

동굴로 들어온 비라시의 몸에는 눈 하나 내려앉지 않았다. 동굴 안은 누군가 살고 있는 것 같이 침대와 소파가 놓여 있었다. 비라시가 소파에 다가가며 말했다.

"왔으면 앉지."

비라시가 소파에 털썩 주저앉자 동굴 안쪽 어둠 속에서 검은 장발에 코트를 입고 가죽장갑을 낀 남자가 나왔다.

"오랜만이군, 시바."

바라시가 고개를 오른쪽으로 꺾으며 고운 목소리로 말했다.

"오랜만이야, 가마긴. 여전히 멋지네."

바라시가 고개를 바로 하며 말했다.

"이게 얼마만인가? 잘 지냈는가, 가마긴?"

바라시가 고개를 왼쪽으로 꺾으며 말했다.

"가마긴과 잠시 대화를 나눌 테니 들어가 있어."

가마긴이 실소를 지으며 말했다.

"브라흐마, 비슈누. 다들 오랜만이군."

눈을 감은 바라시의 모습이 점차 변해갔다. 몸을 감싸고 있던 네팔 전통 옷이 사라지고, 하체만 가린 채 근육질의 상체가 나타나고, 목에는 거대한 목걸이가 생겨났다. 짧았던 머리가 길어지며 어깨를 덮으며 피부의 색이 푸른색으로 변했다. 마침내 바라시의 눈이 떠졌는데, 이마에 또 하나의 눈까지 떠졌다.

세 개의 눈이 가마긴을 보자 그가 웃으며 소파에 앉으며 말했다.

"시바, 이렇게 마주 보고 이야기하는 것도 오랜만이군."

"그래, 네가 찾아올 거라고 생각했다."

가마긴이 소파에 몸을 편안하게 기대며 다리를 꼬았다.

"아이가 네팔에 들어서면서부터 긴장하며 보고 있었으니까."

"그래, 네가 보호하는 아이라는 것은 잘 알고 있었지."

"고맙다는 인사부터 해야겠군. 아이를 해하지 않아서."

"해할 이유가 있는가? 천사와 악마들의 싸움에는 관심이 없다. 나의 관심은 그저 그 아이가 바르게 크길 바랄 뿐이고, 너의 힘은 그것에 방해가 되지 않으니."

"그뿐 아니라 아이가 제대로 생각을 바로 세울 수 있도록 도와준 것도 고맙다, 시바."

"어차피 너의 힘을 가진 아이다. 세상 어디에 있어도 빛이 날 아이지. 그 빛에 한 손을 보탠 것뿐이다."

가마긴이 작게 고개를 끄덕이며 미소 짓자 시바가 자리에서 일어나며 말했다.

"차를 내어 오지."

"시바가 끓여주는 차를 마실 수 있다면 영광이지."

시바가 일어서 손짓하자 공중에 불길이 일어났고, 또 한 번 손짓하자 동굴 밖 얼음이 한 덩이 날아왔다. 얼음은 공중에서 불을 만나 물이 되었고, 곧 모락모락 김을 내기 시작했다. 시바가 다시 손짓하자 동굴 입구에 서리를 맞은 풀 한 포기가 뽑혀 물과 합쳐지며 녹색의 물로 변해갔다. 가마긴이 앉은 자리 앞에 어느새 생겨난 찻잔으로 들어간 녹색 물은 김이 나는 따뜻한 차가 되었다.

자리에 앉은 시바가 자신의 잔을 들고 한 모금을 마시며 말했다.

"들게."

"고맙군."

가마긴이 차를 한 모금 마시자 시바가 말했다.

"앞으로 어쩔 셈인가? 아이의 인생에 관여하고 있지는 않은 것 같던데."

가마긴이 살짝 미소를 지으며 말했다.

"그저 두고 볼 것이네. 엇나가지만 않는다면."

시바가 찻잔을 내려놓으며 말했다.

"혹시 알고 있는가?"

"무엇을 말인가?"

"아이에게 두 명의 천사가 붙어 있다는 것을."

가마긴이 눈썹을 꿈틀했다.

"뭐라? 천사가 주위에 있는데 내가 몰랐다는 말인가?"

시바가 동굴 밖을 지그시 보며 말했다.

"미카엘의 가호가 너의 눈을 가렸겠지. 하지만 걱정 마라. 미카엘도 아이를 보호하기 위함인 것 같으니."

안나푸르나 정상의 동굴에서 그렇게 둘의 대화는 한참 이어졌다.

◈ 3장 ◈
옆집에 케이가 산다(1)

힌두 사원에서 참배를 마친 건은 티모와 마지막 인사를 나누고 비밀리에 버스를 이용해 포카라 공항에서 한국으로 돌아오는 비행기를 탔다.

광고 촬영으로 주머니가 넉넉했기에 비즈니스 좌석으로 한국으로 돌아온 건은 인천공항에 내려 수건과 모자, 마스크로 얼굴을 꽁꽁 싸매고 공항을 나섰다.

미리 일정에 대해 공지하지 않았기에 한국의 공항에서 건을 알아보는 사람은 없었다.

공항에서 공항 리무진을 타고 집 앞에 온 건이 여전히 집 앞에 주차 중인 할리 데이비슨의 바디를 쓰다듬었다.

'두 달 만에 집이구나. 잘 있었니? 이따 시동 걸어줄게, 내

애마."

건이 1층 정문을 들어서 얼굴에 쓴 마스크를 벗었다. 혹시나 해서 모자와 선글라스는 벗지 않고 1층에서 엘리베이터를 타고 22층을 눌렀다. 문이 닫히기 직전 1층 자동문이 열리며 뛰어들어온 여고생이 엘리베이터의 문이 막 닫히는 것을 보고 소리쳤다.

"잠깐만요! 같이 가요!"

건이 반사적으로 열림 버튼을 눌렀다. 여고생은 문이 다시 열리는 것을 보고 후다닥 뛰어 들어왔다.

"헥, 헥. 감사합니다."

건이 미소를 지으며 고개를 끄덕이자, 여고생이 엘리베이터를 누르려다 22층에 불이 들어온 것을 보고 건을 돌아보며 말했다.

"22층 사세요? 저도 거기 사는데. 앞집 오빠인가 보다. 그런데 나 이사 온 지 2년 넘었는데, 우리 한 번도 못 봤네요?"

여고생이 모자와 선글라스로 얼굴을 가린 건의 얼굴을 뜯어보았다.

'뭐야, 대박 잘 생겼잖아? 선글라스 벗으면 눈이 단추 구멍만 한 건 아니겠지?'

건은 여고생이 자신을 뜯어보자 반사적으로 입을 손으로 가리고 말했다.

"아하하, 예, 반가워요."

여고생이 건의 앞에 서서 건의 얼굴을 요리조리 뜯어보며 말했다.

"전 한지이라고 해요. 오빠는요?"

"아…… 난……."

띵!

마침 22층에 도착한 엘리베이터가 겨우 건을 살렸다.

문이 열리는 것을 본 건이 황급히 내리며 말했다.

"다음에 또 봐요, 지이 씨."

지이가 옆집 문을 열고 들어가는 건의 모습을 의아한 눈으로 보았다. 비밀번호를 누르고 들어가는 것을 보아서는 이상한 사람은 아닌 것 같아 자신의 집 문 앞에서 비밀번호를 누르는 찰나 뒤에서 뾰족한 여인의 음성이 들려왔다.

"오빠! 뭐야! 연락도 안 하고 왔어? 연락하지, 공항에 마중 나갔을 텐데!"

지이가 뒤를 돌아보았을 때는 이미 옆집 문이 닫히고 난 다음이었다.

'오빠? 옆집 언니가 21살이었지? 그럼 22살에서 23살이겠구나. 대박, 완전 훈남! 선글라스로 가려도 대박 훈남인 거 완전 티남!'

지이가 신이 난 얼굴로 집 안으로 뛰어들어가 백팩을 내려놓고 아무렇게나 던졌다.

♪♫♪

"언니! 언니!"

언니의 방으로 쪼르르 달려 들어간 지이가 노크도 없이 문을 활짝 열며 외쳤다.

"언니! 뭐해?"

방 안에 긴 생머리에 하늘색 티와 짧은 하얀 반바지를 입고 침대에 엎드려 노트북을 하고 있는 여성이 있었다. 헤드폰으로 뭔가를 듣고 있는 듯했던 여성이 방문을 벌컥 열고 들어온 지이를 보고 한숨을 쉬며 헤드폰을 벗었다.

"한지이, 언니가 방에 들어올 때 노크하랬지?"

지이가 교복을 입은 채 그녀의 침대에 뛰어들어 누우며 말했다.

"아, 싫어! 언니랑 거리감 생기는 거 같아서 싫단 말이야!"

"너, 이제 고2야. 왜 이렇게 일찍 집에 와? 도서관 안 가?"

"아, 쫌! 엄마도 부족해서 이제 언니까지 공부 압박이냐?"

"요새 대학 안 나오면 사람 구실 못 한다, 너. 시집도 못 가."

"참나, 그래서 언니는 맨날 연애도 안 하고 집에 박혀 있냐? 그래도 우리나라에서 알아주는 여대 다니는 대학생이?"

언니가 지이의 옆구리를 꼬집으며 말했다.

"이놈에 계집이! 요망한 그 입을 다물라!"

"꺄하하하! 하지마, 간지러워!"

두 사람이 침대에서 서로를 괴롭히며 떠들자 문이 열리며 엄마로 보이는 여성이 들어와 말했다.

"아휴, 시끄러워! 한지이! 넌 집에 왔으면 엄마한테 먼저 와서 '다녀왔습니다.' 하고 인사부터 해야지, 하여간 버르장머리가 없어요, 한윤희! 넌 대학생이 됐으면 나가서 바깥 활동도 좀 하고 그래야지, 맨날 학교만 끝나면 집구석에 틀어박혀 있어? 집순이야?"

엄마가 윤희의 방을 둘러보며 말했다.

"청소도 좀 하고! 이래서 어떤 남자가 널 데려가! 대학생씩이나 되어서 맨날 연예인 사진이나 벽에 붙여놓고, 철 좀 들어라. 지이가 너 닮아서 맨날 연예인 꽁무니만 쫓아다니잖아."

지이가 침대에서 벌떡 몸을 세우며 외쳤다.

"내가 뭘! 난 연예인 사생팬 같은 거 아니란 말이야. 우리 반 애들은 맨날 남자 아이돌 숙소 앞에서 살다시피 해. 그래도 나랑 언니가 좋아하는 사람은 외국에서 활동하는 사람이라 그런 짓은 안 하니까 다행인 줄 알아야지, 엄마."

엄마가 등을 긁는 효자손으로 지이의 가슴을 쿡쿡 찌르며 말했다.

"어이구, 고마워라. 고맙습니다, 한지이 씨?"

"꺄하하, 간지러워 엄마."

"빨리 와서 밥 먹어, 이것들아."

잠시 후 식탁에 모인 세 여자가 밥을 먹으며 수다를 떨기 시작했다. 지이가 된장찌개를 한 숟갈 먹으며 말했다.

"근데, 언니. 옆집 언니 있잖아."

"응, 시화 언니? 왜?"

"그 언니한테 오빠가 있었어?"

윤희가 고개를 갸웃하며 말했다.

"아니? 한 번도 못 봤는데, 옆집에 시화 언니랑 영하 아줌마랑 부동산 아저씨만 살지 않아?"

"그렇지? 시화 언니, 언니 학교 선배라서 내가 얼마나 깍듯이 하는데, 한 번도 오빠 있다는 말 안 했잖아."

"응, 언니 나랑 친한데, 오빠 이야기한 적 없는데."

"아까 엘리베이터에서 봤는데 웬 선글라스에 모자 쓴 오빠가 옆집으로 들어가더라고. 근데 얼굴 반이 가려져 있는데도 엄청 훈남이야, 대박!"

"그래? 그냥 뭐 배달 온 사람 아니고?"

"응, 비밀번호 누르고 들어갔어, 거기다 시화 언니 목소리가 들렸는데 오빠라고 했고."

"친척인가?"

"물어보면 안 돼?"

"뭐라고 물어, 기집애야! 집에 들어간 남자 누구냐고 묻냐? 이상하잖아."

"아니 진짜 훈남이었다니까? 안 궁금해, 언니는?"

"난 못 봤으니까 안 궁금해, 밥이나 먹어."

"아! 나 진짜 궁금해서 미쳐 버릴 것 같은데."

"이년들아! 밥상머리에서 무슨 말들이 그리 많아! 밥이나 먹어!"

결국, 밥상 토론은 엄마의 고함과 함께 끝나 버렸다. 하지만 엄마 역시 수다를 좋아하는 여자임은 어쩔 수 없는지 고요한 밥상은 곧 엄마의 말로 그 평화가 깨어졌다.

"윤희 넌 아직도 남자친구 없어?"

윤희가 눈을 흘기며 말했다.

"엄마는. 다른 엄마들은 남자친구 사귀지 말라고 극성인데 엄만 왜 딸 다른 남자한테 못 보내서 안달이야?"

"맨날 집에만 있으니까 그렇지, 하는 거라곤 노트북 끌어안고 앉아서 그놈에 케이인지 뭔지 하는 애 뉴스만 검색해서 보고 있고. 동영상도 허구한 날 보는 거 지겹지도 않니?"

지이가 끼어들며 말했다.

"뭐야, 언니. 새로 영상 뜬 거 있어?"

엄마가 지이의 머리를 숟가락으로 때리며 말했다.

"넌 공부해, 언니 따라서 몇 번 보더니 지가 더 빠져서 맨날 그놈 소식만 보고 있지 말고. 방에 사진도 다 떼! 브로마이드 도 아니고 누가 몰래 찍은 사진 같은 거나 붙여놓고, 변태냐?"

지이가 아프다는 듯 머리를 만지며 울상을 지었다.

"엄마는! 케이는 아직 데뷔를 안 해서 브로마이드 같은 거 안 나온단 말이야! 그냥 팬들이나 기자들이 찍은 사진밖에 없 어서 그런 거야!"

"그럼 공부하다가 나중에 데뷔하면 나오는 브로마이드 사면 되잖아, 이 변태 계집애야!"

"아씨, 내 순결한 사랑을 방해하지 마! 난 변태가 아니라 정 신적인 사랑과 교감을 나누고 있는 거라고."

엄마가 답답하다는 듯 가슴을 치며 윤희와 지이를 흘겨보았 다.

"아빠는 사우디 가서 10년째 일하면서 너희들 키우느라 허 리가 휘게 일하고 계신데, 이 년들은 허구한 날 이러고 있으니 한심해서 원."

"아! 아빠 이야기가 왜 나와, 여기서!"

"그래, 엄마. 아빠랑 무슨 상관이야? 오버하지 마."

"에휴 내가 이것들도 딸년이라고."

띠리리리, 띠리리리!

갑자기 울리는 인터폰 소리에 엄마가 일어나며 말했다.

"응? 저녁 시간에 누구지? 배달 올 것도 없는데."

인터폰을 들고 외부 카메라에 비친 사람을 본 엄마가 반색했다.

"어머나, 시화 엄마! 웬일이세요?"

카메라에 비친 영하가 쟁반에 받쳐 든 것을 들어 보이며 웃었다.

"아, 이것 좀 드셔보시라고 가져왔어요. 식사 중이세요?"

"아, 그렇긴 한데. 문 열어드릴게요, 잠시만요!"

인터폰을 끊은 엄마가 후다닥 뛰어나가 문을 열자 영하가 고개를 내밀며 현관으로 들어왔다.

"식사 중이시면 이것도 좀 같이 드셔보시라고 가져왔어요, 윤희 엄마."

"아이구 뭐 이런 걸다. 들어 오세요."

"에이 아니에요. 식사들 하세요."

윤희 엄마가 보자기를 들추어 보며 말했다.

"어머나, 그런데 이게 뭐예요? 한국 음식이 아닌 것 같은데?"

영하가 웃으며 말했다.

"네팔 음식이에요. 모모라고 네팔 만두라고 생각하시면 돼요. 물소 고기로 만든 거라 한국에서는 못 먹는 거라고 하네요, 호호."

"어머나, 이렇게 귀한 걸, 그런데 네팔 음식은 어디서 나셨어요, 시화 엄마?"

"호호, 아들이 여행 갔다가 돌아오는 길에 사 온 거래요."

"네? 아들이요? 아까 우리 지이가 옆집에 들어가는 남자를 봤다고 하던데, 그 남자가 시화 친오빠였어요?"

"네, 호호. 오랜만에 집에 돌아왔네요."

"아니, 여행을 얼마나 갔길래 2년 반 전에 이사 온 우리는 한 번도 못 봤데요?"

"호호, 군대 제대하고 바로 여행을 갔거든요, 군대 가기 전에는 유학 가 있었고요."

"어머나! 좋으시겠다. 오랜만에 아들 얼굴 보시니 얼굴이 확 피셨네, 아주 그냥."

"호호호, 그렇네요. 그럼 맛있게 드시고, 다음에 놀러 올게요."

"네! 고마워요, 그릇 씻어서 가져다 드릴게요."

쟁반에 담긴 모모를 들고 식탁으로 돌아온 엄마가 식탁 위에 모모를 내려놓자, 맛을 본 지이가 눈을 크게 떴다.

"오와 지짜 마이따. 엉니 머어바, 이어.(진짜 맛있다. 언니 먹어봐, 이거.)"

윤희도 모모를 하나 집어 먹어보고는 마음에 드는지 고개를 끄덕이며 마구 먹기 시작했다. 엄마는 윤희와 지이가 잘 먹는 것이 좋은지 웃으며 그녀들을 지켜보다 말했다.

"밥 다 먹고 설거지는 윤희가 해. 그릇은 지이가 옆집에 가져다주고."

"아아써!(알았어!)"

식사를 마친 엄마는 윤희와 함께 설거지를 도왔다. 엄마는 설거지를 하던 도중 옆에서 수박을 먹고 있는 지이에게 물기를 닦아 깨끗하게 만들어둔 쟁반을 내밀며 말했다.

"자, 옆집 가서 잘 먹었다고 꼭 이야기하고."

냉큼 접시를 받아 든 지이가 현관문으로 달려가자 엄마가 소리쳤다.

"교복은 좀 벗어! 집에 왔으면 다른 옷으로 갈아입지 왜 맨날 교복 바람으로 다녀!"

"다녀와서 갈아입을게!"

현관문을 나선 지이가 건의 집 대문을 보며 숨을 크게 골랐다.

'집에 가면 그 오빠 볼 수 있겠지? 설마 집에서도 선글라스를 쓰고 있지는 않겠지!'

다시 한번 숨을 크게 고른 지이가 건의 집 벨을 눌렀다.

땅동!

"누구세요?"

"시화 언니. 저, 지이예요."

"아, 잠깐만 지이야."

잠시 후 현관문이 열리고 시화가 나왔다.

지이가 웃으며 쟁반을 내민 후 말했다.

"엄마가 고맙게 잘 먹었다고 꼭 전해 달라세요. 진짜 맛있네요, 헤헤."

"응, 그랬어? 입에 맞았다니 다행이네."

시화는 쟁반을 건네주고도 집 안쪽을 기웃거리며 보는 지이를 보며 고개를 갸웃했다.

"왜? 뭐 찾아?"

지이가 화들짝 놀라며 몸을 베베 꼬았다.

"아! 아니요…….. 언니, 오빠 왔다면서요?"

시화가 팔짱을 끼고 미소를 지으며 지이를 위아래로 보았다.

"응, 그런데 왜? 오빠 지금 집에 없는데?"

"네? 좀 전에 오랜만에 들어왔다더니 그새 나가셨어요?"

"응, 오빠 오토바이가 있는데 오랫동안 시동도 못 걸었다고 잠깐 나갔어."

"아…… 그렇구나."

아쉬운 눈빛을 보내는 지이를 보며 이를 드러내며 웃던 시화가 문을 닫으며 말했다.

"오빠 오토바이는 항상 1층에 있어."

문이 닫히고 우두커니 문 앞에 서 있던 지이가 시화의 마지막 말이 힌트인 것을 깨닫고 한껏 웃으며 계단 반 층 아래의 창문으로 뛰어갔다.

창문을 열고 1층을 보니 한 남자가 오토바이 앞에서 헬멧을 쓰고 있는 것이 보였다.

"아! 있다!"

지이가 엘리베이터를 마구 눌렀다. 마침 18층에서 올라오고 있는 엘리베이터는 오늘따라 엄청나게 느린 듯했다.

발을 동동 구르며 엘리베이터 문이 열리기를 기다리던 지이가 문이 열리자마자 나는 듯 엘리베이터를 타고 닫힘 버튼을 연타했다. 고개를 들고 엘리베이터의 층을 나타내는 불빛에 시선을 고정하고 있던 지이가 1층에 도착하자마자 뛰어나갔다.

자동문이 열리자 뛰어나간 지이의 눈에 별이 세 개 그려진 독일군 군용 헬멧을 쓰고 선글라스를 쓴 건이 오토바이 시동을 걸고 있는 것이 들어왔다.

검은 가죽 라이더 자켓에 하얀 티셔츠, 검은 바지를 입고 있는 오빠는 멋지고 거대한 오토바이에 잘 어울리는 큰 키를 가지고 있었다.

단지 시동을 걸러 나온 것이 아닌 듯 오토바이를 후진시키고 있는 건을 본 지이가 소리를 질렀다.

"오, 오빠!"

선글라스를 쓴 건이 앞에서 들리는 소리에 다시 고개를 돌렸다.

지이는 건이 자신을 보자 깍지 낀 손을 베베 꼬며 앞으로 나섰다.

"저기, 오빠. 저 지이인데, 좀 전에 뵀죠?"

건이 살짝 고개를 끄덕이며 웃자, 지이가 오토바이를 이리저리 살펴보며 말했다.

"우와, 이거 오빠 오토바이에요? 맨날 여기 세워져 있는 거 보고 내 친구들이 부러워했는데. 이거 엄청 비싼 오토바이라면서요?"

건이 손을 턱에 받치며 말했다.

"음……. 아마 비싼 것 맞을 거예요."

"예? 오빠 건데 가격을 몰라요?"

"아, 선물 받은 거거든요."

"우와! 누가 이런 걸 선물로 줘요? 대박이다, 나도 그런 사람 있었으면 좋겠다!"

"하하, 그냥 아는 분이 주셨어요. 그럼 또 봐요."

건이 다시 오토바이를 후진시키자 다급히 다가와 핸들을 부여잡은 지이가 애원하듯 말했다.

"오빠, 나 부탁 하나만! 나 오토바이 한 번도 안 타봤는데, 한 번만 뒤에 태워주시면 안 돼요?"

건이 약간 곤란한 듯 볼을 긁으며 말했다.

"아…… 뭐 그냥 시동만 걸어주고 들어가긴 뭐해서 동네 한 바퀴 돌려고 하긴 했는데……."

지이가 핸들을 두 손으로 꼭 붙들며 최대한 불쌍한 표정으로 말했다.

"오빠, 한 번만. 딱 한 번만…… 네?"

건이 잠시 고민하는 표정으로 지이를 보았다. 긴 생머리를 포니테일 스타일로 질끈 묶고 앞머리를 잘라 눈썹까지 말아 내린 귀여운 여고생이 밥 달라는 고양이 같은 눈을 글썽이며 건을 바라보고 있었다.

건이 피식 실소를 지으며 고갯짓을 했다.

"그럼 타요."

"아싸! 고마워요, 오빠!"

신이 난 듯 건의 뒤에 탄 지이가 주머니에서 핀을 꺼내 교복 스커트 가운데에 끼웠다. 치마를 바지처럼 만든 지이가 뒷자리에 타자 건이 물었다.

"오토바이 타본 적 없다면서 스커트에 핀 꼽는 게 익숙해 보이네요?"

건의 뒤에 앉은 지이가 어색한 웃음을 지으며 말했다.

"아하하, 이건 그냥 순간적으로 옆으로 타면 위험할 것 같아서 생각해 낸 건데……. 아하하, 절대 타본 적 있어서 그런 게 아니에요, 아하하……."

사이드 미러로 지이의 당황하는 모습을 본 건이 작게 웃음을 지으며 말했다.

"사이드 백에 시화가 쓰던 헬멧 있으니까 쓰고, 허리 잡아요, 위험하니까."

지이가 헬멧을 꺼내 쓰고 건의 허리를 꼭 잡으며 놀란 눈을 떴다.

"뭐야, 이 오빠 배에 군살 하나 없네. 군대 제대한 지 얼마 안 되어서 그런가? 엄마야, 복근 봐!'

건은 지이가 허리를 꼭 껴안자 오토바이를 출발시키려다 지이가 배를 더듬자 반사적으로 허리를 바짝 세우며 배에 힘을 줬다.

"간지러워요, 하하. 너무 만지지는 마요."

"악! 죄, 죄송해요, 오빠. 절대 고의는 아니었어요."

"하하, 괜찮으니 꼭 잡아요."

시동을 걸자 1,690cc의 괴물 바이크 할리 데이비슨 로드킹 클래식 커스텀 모델의 검고 거대한 바디가 진동했다.

잘게 떨며 마치 아메리칸 머슬카 같은 중저음을 터뜨린 할리 데이비슨이 순식간에 아파트 단지를 빠져나가 도로로 접어들었다. 악셀레이터의 오 분지 일도 당기지 않았지만, 총알 같이 튀어나가는 할리 데이비슨의 스피드를 온몸으로 받아들이던 지이가 볼을 간질이는 바람을 느끼며 웃음 지었다.

'진경이네 오빠가 태워준 vf랑은 완전히 다르잖아! 이 소리

봐, 대박! 대박!'

길을 지나는 사람들이 굉음을 내며 지나는 건의 오토바이에 시선을 집중하자 한껏 어깨에 뽕이 들어간 지이가 한 손을 위로 들며 소리를 질렀다.

"야호! 진짜 상쾌해!"

건이 등 뒤에서 엉덩이를 들썩거리며 좋아하는 지이를 사이드미러로 보며 웃음 지었다. 거대한 소와 같은 아메리칸 오프로드 스타일의 할리는 동네를 크게 한 바퀴 돌았다. 지이의 눈에 아직 야간 자율 학습 중인 자신의 학교가 들어왔다.

'이대로 학교 운동장 한 바퀴 돌면 언니들이 난리 나겠지? 이 오토바이 보고 애들이 난리 나겠지? 덩달아 건이 오빠가 내 남친이라고 착각하면 더 난리 날지도, 후훗.'

지이가 손가락으로 학교를 가리키며 말했다.

"오빠! 저기가 우리 학교예요, 학교 구경 안 하실래요?"

건이 시선을 돌려 지이가 가리키는 학교를 보았다. 5층짜리 네모반듯한 학교의 4층에는 아직도 공부하는 학생들이 있는 듯 불이 켜져 있었다.

건이 고개를 살짝 끄덕인 후 학교 정문 쪽으로 핸들을 돌렸다. 지이는 건이 학교 쪽으로 핸들을 돌리자 신이 났지만, 정문 앞에서 멈춰 버린 오토바이를 보며 아쉬운 눈을 했다.

건이 정문 앞에 오토바이를 대고 내리며 말했다.

"아직 공부하는 학생들한테 방해되니까, 오토바이는 여기 두고 잠깐 산책만 해요. 운동장 한 바퀴만. 콜?"

지이는 건이 산책을 제안하자 반색하며 한 손을 번쩍 들었다.

"콜!"

재빨리 오토바이에서 뛰어내린 지이가 한껏 웃음을 지으며 건의 옆에 섰다. 큰 키의 건 바로 옆에 어깨 선을 맞추고 선 지이가 건의 키를 가늠해 보며 말했다.

"우와, 오빠 엄청 크구나. 키 몇이에요?"

"187이에요. 중학교 3학년 때부터 1센티도 안 컸지만."

"헐……. 중학교 때부터 187? 대박이다."

건과 지이가 사람이 없는 어두운 운동장을 걸었다. 지이는 걷는 내내 건의 옆 모습을 보며 재잘거렸다.

"오빠는 이름이 뭐예요? 아까 안 가르쳐 줬잖아요."

"건, 건이에요."

"건? 종건? 강건? 무슨 건인데요?"

"그냥, 건. 외자예요."

"아, 그렇구나."

지이는 건이 자신이 좋아하는 스타 케이일 거라고는 생각도 못 하고 계속 재잘거렸다.

그런 지이의 밝은 모습을 보던 건이 웃으며 말했다.

"엄마한테 들어보니 지이 씨 아버님은 사우디에 계시다며요?"

156 악마의 음악 7

"네, 일하러 가셨어요. 10년 전에."

"10년? 아빠 안 보고 싶어요?"

"1년에 한 번은 오시는걸요, 뭐."

"그렇구나."

"아, 불편하게…… 오빠 그냥 말 놓으세요. 시화 언니 오빠면 나이도 나보다 많은데, 오빠 몇 살이에요?"

"24살이에요."

"그럼, 말 놓아주시면 안 될까요? 그냥 지이야 해주셔도 전편할 것 같은데."

"하하, 그래. 그럴까?"

"헤헤, 얼마나 좋아요. 이웃사촌끼리."

넉살 좋은 지이는 엘프급의 친화력이라도 지녔는지 친동생같이 친근하게 굴었다. 누구보다 자신을 사랑해 주지만 약간무서운 구석이 있는 시화랑은 또 다른 막냇동생 같은 느낌을받은 건이 웃음을 지었다.

지이가 건이 웃음 짓는 옆 모습을 보고 멍해졌다.

'흐아…… 진짜 잘생겼다. 선글라스 벗으면 어떨까? 이 밤중에도 선글라스 쓰고 있는 걸 보면 콤플렉스 같은 게 있을지도몰라. 혹시 상처 같은 게 있나? 에이, 저 정도인데 아무렴 상처같은 거 있어도 괜찮지. 완전 반전으로 눈이 옹이구멍만 하면몰라.'

건이 운동장을 크게 한 바퀴 돌고 난 후 다시 정문에 도착하자 지이에게 말했다.

"이제 슬슬 돌아갈까?"

지이가 아쉬운 눈을 했지만 이내 고개를 끄덕이며 말했다.

"네, 오빠."

지이가 뒤에 타자 건이 헬멧을 꺼내 씌워주었다. 지이는 건의 손길이 느껴져 오자 기분 좋은 웃음을 짓고 있었다.

"어? 뭐야, 한지이?"

갑자기 들려오는 목소리에 고개를 돌린 지이가 반색하며 말했다.

"진경아!"

안경을 쓴 단발머리의 여고생이 건과 지이를 번갈아 보며 다가왔다.

진경은 건의 오토바이를 보고는 입을 떡 벌렸다.

"뭐야, 이 괴물 같이 생긴 오토바이는? 엄청 비싸…… 어? 이거 너네 집 앞에 맨날 서 있는 오토바이 아니야?"

지이가 허리춤에 손을 얹으며 자랑스럽다는 듯 고개를 끄덕였다.

"응! 그 오토바이 맞아, 너희 오빠가 엄청 부러워했던 그거."

진경이가 부러운 눈으로 오토바이를 보다, 그 위에 앉아 선글라스를 쓰고 있는 건을 보고는 화들짝 놀랐다.

'뭐, 뭐야! 겁나 잘생겼잖아! 설마 지이 남친이야?'

진경이 재빨리 지이에게 찰싹 붙어 귓속말로 물었다.

"누구야? 남친?"

지이가 얼굴을 붉게 물들이며 볼에 양손을 대며 말했다.

"몰라잉, 히히."

"너! 어디서 만났어? 대박 잘 생긴 것 같은데. 어느 학교 오빠야?"

"몰라, 몰라, 히히히히."

건이 뒷자리에서 말도 안 되는 대화를 하고 있는 두 여고생의 말을 듣고 피식 실소를 흘렸다. 진경은 지이가 제대로 답을 하지 않자 옆으로 비켜서며 손으로 핸드폰을 만지는 듯한 액션을 취했다.

"이따 문자 해!"

건이 살짝 고개를 숙여 보이며 오토바이를 출발시키자, 굉음을 내며 출발한 할리의 뒷모습을 보던 진경이 중얼거렸다.

"오빠 말로는 저 오토바이 옵션 없는 것도 3천만 원 넘는다던데. 거기다 커스텀 리미티드라 7천만 원도 넘을지 모른다고 했지? 하아, 나도 저런 거 한번 타보고 싶다……."

학교를 나서 순식간에 집 앞으로 온 할리의 시동을 끈 건이 지이가 벗어서 내민 헬멧을 받아 가방에 넣었다.

지이가 그런 건을 지켜보다 함께 엘리베이터에 올라탔다.

"오빠, 태워주셔서 고마웠어요. 진짜 재미있었어요."

"하하, 그래. 나중에 기회 되면 또 태워줄게."

"진짜요? 약속했어요, 진짜예요?"

"응, 약속."

지이가 자신의 핸드폰을 내밀며 말했다.

"오빠 전화번호 좀!"

건이 잠시 지이가 내민 핸드폰을 보다 예전 스토커 사건의 기억이 나 손을 내저으며 말했다.

"미안해, 사정이 있어서 번호를 알려주기는 좀 그러네. 꼭 연락할 일 있으면 시화를 통해 해 줄래? 시화한테 들어보니 전화번호 안다고 하던데."

지이가 살짝 아쉬운 표정으로 말했다.

"아…… 그렇구나. 시화 언니 전화번호는 알고 있어요, 우리 언니랑 학교 선배라서."

"그래, 그럼 꼭 연락할 일 있으면 시화한테 해줘. 당분간은 집에만 있으니까. 그럼 들어가. 내일 학교 가야 할 텐데. 잘 자고."

"네, 오빠도 잘 자요."

아쉬운 표정을 숨기며 뒤돌아서는 지이었다.

♪♪♩

올해 19살로 고3이 되는 영근은 학교 밴드 브레이커즈의 기타리스트였다.

주로 X의 노래를 커버하고 있던 그의 밴드는 결성한 지 1년 밖에 안 되는 밴드로 학교에서 조차 정식 밴드라고 인정받지 못하고 있었다. 최선을 다한 연습만이 살길임을 아는 그들은 성수동 합주실에 주 3회 이상 모여 연습에 매진하였다.

오늘도 시간을 맞추어 연습실에 온 영근이 기타에 잭을 연결하다 하울링이 심한 것을 보고 잭을 뽑아 바라보았다.

"아, 잭이 또 말썽이네. 하나뿐인데."

베이스 기타를 연결 중이던 진욱이 말했다.

"인태 아저씨한테 하나 빌려."

"아 지난번에 빌린 것도 못 드렸단 말이야. 미안한데."

"인태 형이 그런 거 마음에 둘 사람이냐? 케이 발굴한 사람이 자기라고 어찌나 떠들고 다니는데, 여기 제2의 케이가 있을지 모른다며 항상 우리 같은 학생 밴드한테는 잘해주잖아."

"케이는 무슨, 그건 당연히 거짓말 아냐?"

"아닐지도 몰라, 내 친구가 광남 고등학교 다니는데, 케이 선배 실제로 여기 온 적 있다고 했어."

"어쩌다 한 번 들른 거 가지고 과장한 거겠지. 무슨 동네 밴드도 아니고 케이를 키워, 키우긴. 그게 말이 돼? 내가 우리나라 밴드의 누구 하나 자기가 키웠다고 하면 그냥 그러려니 하겠다. 근데 케이라니? 줄리어드 간 기타 천재가 이런 데서 연습했다고? 개가 웃을 일이다, 인마."

"하하, 여하튼 여기 왔다는 건 확실해. 그러니 인태 형 말도 완전히 구라는 아닐 거다. 그리고 인마, 너 지금 잭 빌리러 가는 처지에 그런 거 따질 때냐? 가서 넙죽 엎드리고 빌려 와. 잭 때문에 연습 못 하면 넌 이 자리에서 죽어 인마."

"아씨, 알았어."

합주실의 문을 열고 나온 영근의 눈에 소파에 앉아 담배를 피우며 기타의 휜 넥을 수리하고 있는 인태가 들어왔다. 인태는 담뱃재가 구부러져 스스로 떨어질 때까지 그대로 입에 문 채 기타를 수리하고 있었다.

영근이 그런 인태에게 다가오며 말했다.

"저기…… 인태 형, 헤헤. 저 잭 하나만 빌려주시면 안 될까요? 갑자기 잭이 나가버려서요."

인태가 영근을 힐끗 본 후 입에서 담배를 떼 재떨이에 비벼 끄고 일어나 책상 서랍에서 깔끔하게 말아 둔 잭을 꺼내며 내밀었다.

"자, 써라. 쓰고 나갈 때 반납하고. 너 지난번엔 반납 안 하고 갔지? 오늘은 꼭 해라."

영근이 뒤통수를 긁으며 고개를 숙였다.

"윽, 기억하고 계셨구나. 죄송해요, 꼭 하나 사다 드릴게요, 요새 낙원 상가 갈 일이 없어서요."

"그래, 가봐라."

영근이 인태의 눈치를 보며 뒷걸음질을 치고 있는 도중 합주실 카운터 문이 열리며 키가 큰 남자가 들어왔다. 선글라스와 모자로 얼굴을 가린 남자가 들어오자마자 인태를 보며 활짝 웃었다.

"인태 형!"

인태가 남자의 얼굴을 자세히 보며 얼굴을 찌푸렸다.

"누구신지……."

남자가 선글라스를 벗고 활짝 웃었다.

"인태 형! 신세 갚으러 왔습니다!"

'우당탕!'

영근이 남자의 얼굴을 보고 너무 놀라 뒤로 자빠졌다.

인태가 벌떡 일어나 뛰어들 듯 남자를 안으며 외쳤다.

"이 녀석! 건아! 왔구나!"

"하하, 형한테 얻어먹은 고기, 이제 제가 사드리러 왔어요."

"그래? 하하, 그래 오늘은 포식 한번 해보자. 그런데 이 무심한 녀석이 몇 년 동안 연락도 없고, 너무 한 거 아냐?"

"에이, 형 저 군대 다녀온 거 아시면서."

"아, 맞다. 그랬지. 으하하, 얌마 김영근! 내가 이거 구라 아니라고 했지!"

인태가 바닥에 자빠진 채 눈을 크게 뜨고 턱을 덜덜 떨고 있는 영근에게 말하자, 영근이 손가락으로 건을 가리키며 말했다.

"서…… 서, 서, 설마. 케, 케, 케이? 진짜? 진짜 케이예요?"

건이 활짝 웃으며 모자까지 벗자, 네팔에 있는 동안 꽤 많이 길어진 머리가 흩날렸다. 잠시 머리를 매만진 건이 싱긋 웃으며 말했다.

"안녕하세요? 케이입니다."

벌컥! 우당탕탕!

영근이 있던 합주실 문이 열리며 아이들 세 명이 우르르 쏟아져 나왔다. 합주실에 난 창문으로 밖의 상황을 보고 있다가 건이 나타나자 놀라 뛰어나온 것이었다.

건이 학생들을 훑어보며 웃음 짓자 영근이 다시 손을 덜덜 떨며 물었다.

"아니, 그럼 인태 형이 형 발굴했다는 게 진짜였단 말이에요?"

건이 인태를 힐끗 보자 인태가 너무 자랑하고 다닌 것이 못내 부끄러웠던 듯 딴청을 피웠다.

건이 그런 인태를 보고는 허리춤에 손을 올리고 말했다.

"그럼요, 여기 인태 형 아니었으면 지금의 저도 없었죠. 아니, 음악 자체를 시작할 생각도 못 했을지 모르죠. 지금의 전 인태 형이 만들어준 겁니다."

인태가 통 크게 인정해 주고 나서는 건을 고마운 눈빛으로 보자, 영근과 진욱이 턱이 빠져라 입을 벌리고 인태를 바라보았다.

인태가 그런 아이들을 보며 코를 세우며 말했다.

"봐라, 이놈들아. 이 형이 어디 거짓말했나. 너희들, 나 건이랑 나가서 식사할 거니까 나갈 때, 문 잠그고 가. 오늘 예약도 없어서 장사 끝낼 거니까. 가자, 건아."

인태가 건과 어깨동무를 하고 밖으로 나가자 남겨진 아이들이 멍하니 그들의 뒷모습을 보며 말했다.

"세상에…… 진짜 케이가 이따위 허름한 지하 합주실에서 연습했다고?"

"그러게…… 진짜였구나, 인태 형 말이."

한참 턱이 빠져라 입을 벌리고 있던 영근이 진욱에게 말했다.

"야 우리도 여기서 연습해서 줄리어드 못 가란 법 있냐? 케이 형도 갔잖아! 연습하자!"

"좋아! 내 반드시 줄리어드 시험을 치고 말리라! 크아아아!"

열정에 찬 아이들이 연습실 안으로 우르르 뛰어 들어갔다.

♪♩

고등학교 시절 인태가 사 준 것은 삼겹살이었지만, 건이 인태를 끌고 간 곳은 근처 고급 한우 집이었다. 밖에서 보아도 거대한 크기에 비싼 집으로 보이는 인테리어는 인태를 주눅 들게 하였다.

"야……. 건아, 그냥 삼겹살이나 먹지 뭐하러 이런 비싼 데를 와?"

건이 웃으며 인태의 팔짱을 끼며 말했다.

"여긴 방이 따로 있데요. 미리 알아보고 온 거예요. 형이랑 이야기 편하게 하려고요. 홀에서 먹으면 사람들이 알아봐서 이야기하기 어렵잖아요. 들어가요, 형."

인태는 건의 말이 합리적이라고 생각했는지 이내 가게 안으로 들어갔다. 고깃집은 50명은 거뜬히 들어갈 만한 홀에, 8개의 방이 따로 있었다. 그중 하나의 방에 들어가 최고급 꽃등심을 시킨 건이 종업원이 고기를 가져다주자 불판에 고기를 올리며 미닫이문의 잠금장치를 걸었다.

문이 잠긴 것을 확인한 건이 답답한 듯 모자와 선글라스를 벗고 본격적으로 고기를 구웠다.

인태가 그런 건을 보며 미소 지었다.

"야, 군대까지 다녀와서 그런가. 완전 남자네, 이제. 예전에 찌질하던 꼬맹이가 아닌데?"

건이 이를 드러내며 웃었다.

"저는 찌질하던 때 없었거든요? 하하, 이것 좀 드셔보세요."

딱 알맞게 구운 꽃등심을 인태 앞에 있는 양파 샐러드 위에 올려주자 인태가 소금장을 찍어 먹으며 행복한 미소를 지었다.

"크아아, 역시 고기의 제왕 소고기다. 내 고달프고 비루했던 위장아! 고기의 제왕 강림을 환영하라!"

너스레를 떨며 미친 듯이 고기를 뱃속에 욱여넣고 있는 인태를 본 건이 웃으며 모자와 선글라스를 다시 쓴 뒤 미닫이문을 열고 외쳤다.

"여기 꽃등심 2인분 더 주세요!"

직원이 고기를 가지고 오자 다시 문을 잠그고 모자와 선글라스를 벗은 건이 말했다.

"요새 가게는 좀 어때요?"

인태가 고기 흡입을 멈추지 않은 채 말했다.

"어, 한 1년 힘들게 살다가, 네 덕에 기타치고 싶어 하는 애들이 늘어서 그런지 요샌 좀 살 만하다."

"하하, 그래요? 다행이네요. 용태 형이랑 은표 형은요?"

"거기도 그냥 그래. 여전히 이일 저일하고 있지. 요샌 게임 회사 쪽 사운드 외주한다더라."

"게임 회사요? 아, 게임 음악이요?"

"응, 그래도 예전에는 대작 PC RPG 같은 사운드 외주 맡으면 꽤 벌이가 짭짤했는데, 요샌 모바일 게임이 대세다 보니까, 개발비를 그렇게 많이 안 쓴다더라. 그래서 사운드 외주해 봐야 겨우 입에 풀칠할 수준인가 보더라고. 거기다 용태네 형이 있는데 그 집 딸이 그렇게 가수 되고 싶다고 연습하게 해달라고 졸라대나 봐. 용태가 자기 작업 시간도 빠듯한데 조카가 자꾸 연습하게 해달라고 졸라대니 미치려고 하더라고."

"그렇구나. 용태 형도 한번 보러 가야 하는데."

"그래? 전화 한번 해볼까?"

"네, 형."

"그래, 잠깐만."

인태는 전화기를 들고 신호가 가는 와중에도 끊임없이 고기를 입에 넣었다.

"어, 용태냐? 어디냐?"

- ······.

"작업실? 언제까지 있을 거야? 뭐, 밤을 왜 새? 우리 나이에 밤새워서 일하다 죽는다."

작게 용태의 목소리가 들렸지만 알아듣기에는 소리가 작았다.

"그래, 뭐. 할 수 없지. 밥은 먹었냐?"

- ······.

"라면? 에휴. 이따 작업실 좀 들릴게. 아, 그냥 인사차. 그래, 이따 보자."

전화를 끊은 인태를 보며 건이 의아한 눈으로 물었다.

"왜 제 이야기 안 하세요, 형?"

인태가 씩 웃으며 말했다.

"갑자기 덮쳐야 서프라이즈지. 히히. 빨리 먹자."

전화를 끊고 고기 2인분을 더 해치운 인태가 이를 쑤시며 건과 함께 청담동으로 가는 택시를 탔다. 청담동 언덕길에 있는 'Studio Experience'에 도착한 인태가 문이 열려 있는 스튜디오를 보며 말했다.

"작업 중이라 우리 그냥 들어오라고 열어 놨나 보다. 올라가자."

2층 작업실로 올라가는 계단에 들어서자, 조그맣게 음악 소리가 울리고 있었다. MR 위에 조금 앳되어 보이는 여자의 목소리가 들려오자 인태가 고개를 갸웃거리며 문을 붙잡고 말했다.

"또 그 조카가 와 있는 건가?"

인태가 문을 열자 용태가 팔짱을 끼고 PC 앞에 앉아 화면을 보고 있는 모습이 가장 처음 들어왔고, 은표는 잠시 자리를 비웠는지 없었다.

스튜디오 안 녹음실에 있는 여고생이 눈을 감고 열심히 노래하는 모습이 보였다.

건이 여고생의 옆 모습을 자세히 보려는 찰나 화장실을 다녀왔는지 바지춤을 올리며 다른 문을 열고 스튜디오로 들어오는 은표와 눈이 마주쳤다.

은표가 크게 놀라며 외쳤다.

"건? 건 씨?"

은표가 갑자기 크게 소리치자 화면을 보고 있던 용태가 고개를 돌렸다가, 건을 보며 벌떡 일어났다.

"야! 김 건! 이 녀석!"

"와하하, 용태 형 은표 형, 오랜만이에요."

용태가 달려와 건을 안아 준 후 건의 얼굴을 보며 크게 웃었다.

"야, 너 잘 되는 거 보고 응원 많이 했다. 그래도 잊지 않고 놀러도 와 주고. 영광이네."

은표가 핸드폰을 들이밀며 말했다.

"저, 건 씨! 나랑 사진 한 장만 찍어요, 친구들한테 자랑하게."

용태가 은표에게 꿀밤을 먹이며 말했다.

"이놈아, 손님이 왔으면 자리부터 내줘야지, 사진은 나중에 찍고! 그래, 건아 이리 와서 앉아."

인태와 건이 자리에 앉자 은표가 커피를 타러 주방으로 뛰어갔다.

인태가 스튜디오 안에서 노래 삼매경에 빠진 여고생을 눈짓하며 용태에게 물었다.

"저 애가 그 조카야?"

용태가 한숨을 쉬며 말했다.

"그래, 참나, 가수 되고 싶으면 어디 연습생으로 들어가던가, 아니면 보컬 레슨을 받아야지 여기 와서 연습하면 어떡하냐, 에휴 형수가 가수 하는 거 반대해서 학원도 안 보내준다네. 그래서 여기 와서 몰래 연습하고 가는 거고."

건이 스튜디오 안에서 노래하는 여고생을 보고는 선글라스를 내리며 눈을 크게 떴다.

"지이? 한지이? 용태형 조카가 지이였어?"

"건아 실내에서 누가 알아본다고 선글라스는 쓰고 있냐? 벗어, 저 안에는 내 조카라 괜찮아."

용태의 말에 선글라스와 모자를 벗은 건이 은표가 가져다 준 커피를 한 모금 마셨다.

용태는 건이 커피를 마시는 모습을 흐뭇한 눈으로 보며 말했다.

"이햐, 진짜 사람 인연이란 게 정말 웃기는 것 같다. 그때 인태 형이 너 소개 안 해줬으면, 어떻게 됐을까? 건이 너야 뭐 재능이 뛰어나니 어떻게든 스타가 됐겠지만, 생각해 보면 그때의 인연으로 음악을 시작하게 된 것이나 다름없잖아? 너 그전에는 문과였지?"

"네 형. 그전에는 그냥 노래하는 걸 좋아하는 학생이었죠. 그땐 기타도 칠 줄 몰랐어요, 하하."

"그래, 기타를 제대로 만져본 적도 없었던 네가 줄리어드 기타 학과를 들어가다니, 생각해 보면 참 신기한 인연이야. 영석 PD랑은 계속 만나지?"

"그럼요, 방송사 옮기시고 지금은 CP 되셨어요."

"오, 그래? 방송사 옮긴 건 아는데, CP로 간 거구나. 능력 있는 PD였으니 성공할 거라고는 생각했지."

"네, 이번에 히말라야의 노래도 영석 CP님 프로그램이었잖아요."

"아, 그렇지 참? 야, 안 그래도 그거 물어보려고 했는데 그 모금 방송 있잖아, 그거 완전 실감 나던데, 너 연기해도 되겠더라."

"그거 연기한 거 아니에요. 기자들이 그냥 일하는 모습 찍어둔 거랑 엠뷸런스 블랙박스 영상 같은 거로 만든 거예요. 음악만 제가 만들었어요."

"헐? 진짜? 그거 다 진짜였다고?"

"네, 형. 지쳐서 쓰러지기 직전에 한 마디 부탁한다고 해서 말하고 잠든 것만 카메라 들이밀고 찍은 거예요."

용태, 인태, 은표가 동시에 말을 잃었다. 그 영상이 모두 건이 겪은 일이라고 생각하니, 상상도 못 할 슬픔을 눈앞에서 본 건에게 무슨 말을 해줘야 할지 알 수 없었기 때문이다.

셋의 마음을 읽은 건이 싱긋 웃으며 말했다.

"이제 괜찮으니, 그런 눈으로 보지 않으셔도 돼요."

용태가 잠시 어색해진 분위기를 쇄신하려는 듯 헛기침을 하며 말했다.

"어흠, 그래 뭐…… 괜찮다니 다행이다. 아, 내 정신 좀 봐. 내 조카가 케이 네 광 팬인데, 인사 좀 해라."

용태가 스튜디오 안쪽에 흐르고 있는 MR을 끄고 마이크에 대고 말했다.

"지이야, 손님 오셨는데, 잠깐 인사하러 나올래?"

지이가 헤드폰을 벗고 인상을 쓰며 스튜디오 문을 벌컥 열었다.

"아, 나 1시간밖에 시간 없단 말이야, 삼촌! 누가 왔는데 부르…… 헉!"

지이의 눈에 소파에 여유롭게 앉아 있는 눈부시게 아름다운 청년이 들어왔다.

조금 긴 듯한 머리가 이마를 덮고 있고, 날카롭지만 또한 부드러운 눈매를 가진 천사 같은 남자가 자신을 보고 웃고 있었다.

지이가 손을 들어 올리며 바들바들 떨며 말했다.

"케…… 케이?"

용태가 그런 지이의 모습을 보며 피식 웃었다.

"자, 삼촌이 잘 아는 사이라고 한 거 안 믿고 뭐라고 했던 거

사과하셔야지?"

지이가 용태의 말 따윈 들리지 않는지 그저 입을 떡 벌리고 건을 보고 있었다.

용태가 그런 지이를 보고 고개를 절레절레 흔들며 건에게 말했다.

"이따 갈 때 사인이나 하나 해줘."

건이 웃으며 말했다.

"네, 형."

건이 자신을 멍하니 바라보고 있는 지이를 보며 생각했다.

'못 알아보는 건가? 하핫, 재미있게 돌아가네.'

건이 작게 웃음 지은 후 용태에게 물었다.

"형 게임 음악 하신다면서요?"

"어, 그냥 외주야. 비행기 슈팅 게임."

"음악 만드셨어요?"

"어, 만들었는데, 한 번 까였다. 참나, 달랑 3백 주고 외주 맡겨놓고는 무슨 퀄리티를 그렇게 따지는지. 그 사람들이 원하는 퀄리티 내려면 더 받아야 되는데, 요새 입에 풀칠하기도 힘들어서 그냥 받아들였지."

"제가 좀 봐도 돼요?"

"어, 그럴래?'

건이 용태 옆에 바짝 의자를 끌어놓고 앉자 용태가 PC 화면을 보여주며 말했다.

"너, 힙합 쪽 해봤으니 CUBASE 다룰줄 알지? 이거 그 프로그램으로 만든 거니 알아볼 수 있을 거다. 한번 봐. 난 인태랑 담배 피우고 올게."

"아, 그러세요. 형."

인태와 용태가 일어서 밖으로 나가자 기회를 잡았다 싶은 은표가 핸드폰 카메라를 들이밀며 말했다.

"건씨, 여기 좀 봐요, 사진 한 번만!"

건이 웃으며 브이를 해주자 친근한 척 볼을 들이밀며 사진을 몇 번 찍은 은표가 만족스러운 웃음을 지었다.

"히히히, 이거 SNS에 올려도 돼요? 친구들이 건 씨 안다고 해도 안 믿어서요."

"네, 그러세요. 하하."

지이가 그런 은표와 건을 보며 다가와 조심스럽게 말했다.

"저…… 오빠. 저도 팬인데, 사진 한 번 찍으면 안 될까요?"

건이 싱긋 웃으며 말했다.

"응, 그럴까?"

건이 자연스럽게 반말을 하자, 친근함의 표시로 받아들인 지이가 한껏 기분 좋은 웃음을 흘리며 핸드폰으로 몇 번이나 사진을 찍었다.

건은 사진을 찍어준 후 PC 화면에 집중하기 시작했다. 소파에 앉아 건과 함께 찍은 사진을 보며 환하게 웃은 지이가 친구들의 단톡방에 건과 함께 찍은 사진을 전송했다. 잠시 후 지이의 핸드폰이 미친 듯이 울리기 시작했다.

　진경 : 헉! 케이다!
　미영 : 뭐야, 뭐야! 지이 지금 케이랑 같이 있는 거야? 어디서 만났어? 너 네팔이야?
　문선 : 헐랭…… 대박이다. 대박 사건!
　상미 : 케이 한국 들어왔어? 사진 뒤에 한글로 '비상구'라고 써 있는데?
　연주 : 캬아 완전 잘생겼다. 부러워 미치겠네. 나 사인 하나만 받아다 줘, 내 사랑 지이야!

　지이가 작게 미소를 지으며 여고생 특유의 미친듯한 빠르기로 톡을 보내기 시작했다.

　지이 : 지금 케이랑 같이 있음. 존잘임. 개존잘임. 세존잘임. 대박임.
　문선 : 뭐? 어딘데?
　지이 : 청담동.
　연주 : 청담동?
　상미 : 너희 삼촌네 스튜디오 말하는 거야? 삼촌이 케이 안다는 거

진짜였어, 그럼?

　지이가 친구들의 폭발적인 관심에 입가에 지은 미소를 점점
짙게 하였다.

　지이 : 나 케이 바로 옆에 앉아 있음. 두 평짜리 공간에.
　연주 : 뭐라고오! What?
　상미 : 야, 빨리 다자간 화상통화로 걸어 봐. 빨리 이년아!
　문선 : 나도 보고 싶다…… 개부럽…….
　지이 : 지금 이 언니는 케이와 데이트를 즐기느라 바쁨. 밤에 다시 톡
하겠음. 빠잉!
　미영 : 야! 한지이! 이년아!

　미친 듯이 울려대는 핸드폰을 무음으로 바꾸고 주머니에 넣
어버린 지이가 PC 화면에 집중하고 있는 건의 옆모습을 바라
보며 침이 흐를 듯 멍해졌다.
　'헤에, 진짜 잘생겼다. 우리 오빠면 좋겠다……. 케이가 자기
동생을 진짜 아낀다던데, 내가 케이 동생이면 얼마나 좋을까?'
　옆에 앉아 멍하니 자신을 보는 지이가 무슨 생각을 하든 PC
화면에 찍힌 음표들에 집중하던 건이 컴퓨터 의자에 등을 기
대며 생각했다.

'비행 슈팅 게임이면, 슈팅 액션 시 나오는 기본 사운드가 BGM을 방해할 거야. 그럼 기본 비트를 찍어주는 게 오히려 게임의 리듬을 망칠 수 있다. 비트를 빼고 사운드만 녹음하는 게 나을 거야.'

건이 CUBASE 프로그램에서 기본 박자를 나타내는 비트를 삭제했다.

'긴박감을 주기 위해서는 흥분을 유지 시켜야 해. 악보는 긴장감과 흥분을 주는 청색보다는 중량감을 주는 흰색이다. 아마도 웅장한 느낌을 주려 했던 것 같은데 그러기에는 게임이 너무 캐주얼해.'

건이 PC 화면 한쪽에 APK 파일로 실행되고 있는 게임 그래픽을 보았다. 메카닉 그래픽이 제대로 표현된 그래픽을 가지고 있긴 하지만, 슈팅으로 상대를 맞추는 것에 집중하는 게임이 아닌 상대가 무수히 쏘아 보내는 미사일을 피하는 탄막 게임에 가까운 게임을 본 건이 음표를 수정하기 시작했다.

순식간에 집중하며 자기만의 세계에 빠진 건을 보며 침을 흘리던 지이가 생각했다.

'천재는 이런 거구나. 순식간에 집중하는 것 좀 봐. 남자는 집중하는 모습이 제일 멋지다더니, 진짜였네. 헤에. 너무 멋지다.'

인태와 용태는 담배를 피우며 잠시 이야기를 나눴는지 한참 뒤에나 돌아왔다. 용태는 건 혼자 PC를 조작하고 있고 은표는 핸드폰을 보며 시시덕대고 있는 것을 보고는 은표에게 꿀밤을 날렸다.

"이 자식이. 우리 밥줄인데 여기 관심을 더 가져야지, 뭐 하고 자빠져 있는 거야? 쟤는 저렇게 열심히 봐주고 있는데."

은표가 머리를 부여잡으며 말했다.

"아야! 머리 좀 그만 때려요, 형!"

건이 한숨을 내쉬며 집중력을 풀었다. 용태가 들어온 것을 본 건이 PC 화면을 눈짓하며 말했다.

"형, 제가 손을 봤는데, 형이 원래 만들어두신 것은 따로 저장해 뒀어요. 슈팅 게임이라 비트가 오히려 방해될 것 같아서 뺐고요, 웅장한 느낌보다는 긴박한 느낌으로 바꿔봤어요. 한번 보시고 괜찮으면 전달해 보세요. 만약 또 까이면, 전화 주시고요."

용태가 반색하며 PC 화면을 보았다.

"오, 그래? 야 이거 네 이름 팔아도 되냐? 담당 PM이 아무리 깐깐해도 네 이름 팔면 찍소리도 못 할 텐데."

"하하, 그러세요."

오랜만에 보는 용태의 밝은 모습을 보며 미소 짓던 인태가 말했다.

"자, 늦었는데 그만 들어가자. 용태 너도 오늘은 그만 들어

가. 어제도 밤 샜다며."

용태가 고개를 끄덕이며 PC화면을 들여다보다 어이없다는 듯 말했다.

"뭐냐 이거, 거의 완벽하잖아? 우리 담배 피우러 간 거 한 15분밖에 안 되지 않았어? 그새 이걸 다 했다고? 나 참, 괜히 천재가 아니네. 네 덕분에 오늘은 나도 집에 갈 수 있겠다. 은표야 이거 마스터링 걸어. 내일 아침에 확인하자."

은표가 오늘은 집에 갈 수 있다는 말에 만세를 불렀다.

용태가 그런 은표를 보며 실소를 지었다.

"그렇게 좋으냐? 참나. 지이야, 삼촌이 가다가 집에 내려 줄 테니 같이 가자."

용태가 건을 보며 말했다.

"그러고 보니 너도 광장동 살지 않아? 지이네 집도 광장동 현일 아파트인데. 같이 갈래?"

건이 기대에 찬 지이의 얼굴을 보며 작게 웃음 지었다.

"네, 그냥 지이네 집에 내려 주세요. 근처니까요."

"그래, 그럼 가자."

인태에게 다음에 용태, 은표와 함께 소주 한잔하기로 약속을 한 건이 용태의 차를 타고 지이와 함께 광장동 현일 아파트에서 내렸다.

용태는 건과 지이를 내려준 후 창문을 내리며 말했다.

"여기서 내려도 괜찮겠어? 괜히 걷다가 팬들한테 둘러싸이면 곤란할 텐데, 그냥 집까지 데려다줄게."

건이 손사래를 치며 말했다.

"아니에요, 여기에서 가까워요, 형. 연락 드릴게요. 데려다주셔서 감사합니다."

용태가 그러냐는 듯 고개를 끄덕인 후 차를 출발시키자 건이 다소곳하게 서 있는 지이를 힐끗 보며 말했다.

"가자."

지이가 고개를 갸웃하며 생각했다.

'가자? 어딜? 여기 우리 집 입구인데? 아, 나 데려다주는 건가? 와 매너 쩐다, 히히.'

지이가 재빨리 달려가 1층 정문 비밀번호를 누르고 안으로 들어갔다. 엘리베이터를 누른 후 자신의 옆에 선 건을 바라보며 웃음을 흘리던 지이가 1층에 도착한 엘리베이터를 타고 인사를 건네려 하자, 건이 함께 엘리베이터에 올라탔다.

'뭐야, 우리 집 앞까지 데려다주는 거야? 완전 매너 왕! 얼굴도 잘생겼는데 매너도 짱이다 진짜, 꺄악!'

두근거리는 가슴을 부여잡고 엘리베이터에서 한마디도 나누지 못한 지이에게 오늘따라 고속 엘리베이터처럼 빠르게 22층에 도달한 엘리베이터가 야속하기 그지없었다.

지이가 22층에 함께 내린 건을 보고 예의 바르게 인사를 하며 말했다.

"오늘 사진도 같이 찍어주시고, 데려다주셔서 감사합니다, 오빠. 안녕히 가세요."

건이 웃음을 지으며 말했다.

"그래, 잘자고 좋은 꿈 꿔, 지이야."

건이 지이의 집 옆문에 비밀번호를 누르고 들어갔다. 혼자 남은 지이가 핸드폰을 바닥에 툭 떨어뜨렸다. 지이는 그렇게 센서 등이 꺼져 어둠으로 가득 찬 아파트 복도에 홀로 남겨져 있었다.

♩♪♩

늦은 밤 건이 집에 도착하자, 수박을 먹으며 TV를 보고 있던 시화가 물었다.

"뭐야, 오토바이 시동만 건다더니, 오빠 너 옆집 여고생이랑 놀다 왔지!"

"하하, 뭐 그냥 안면만 트고 왔어. 별건 없다."

"앞집 애 순진한 애다, 잘 해줘라. 착하고 귀여운 애니까 동생처럼 대해줘."

"알았어, 안 그래도 그래 보이더라, 하하. 나 옥상 가서 바람 쐬고 올게."

기타를 들고 옥상으로 올라가는 건을 보던 시화가 고개를 저으며 말했다.

"하루라도 노래 안 하면 입에 가시라도 돋나? 맨날 밤마다 옥상 가서 노래하면 뭐가 재미있나 몰라."

그때 시화의 핸드폰이 울렸다.

지이 : 시화 언니, 있잖아요⋯⋯ 내가 헛것을 좀 본 것 같아서 뭐 좀 물어보려고 하는데⋯⋯ 혹시 자요?

지이가 건과 함께 잠시 시간을 보낸 것을 알고 있는 시화 재미있다는 표정으로 톡을 보냈다.

시화 : 아니, 안 자는데? 왜?

잠시 말이 없던 지이가 폭풍 톡을 보내기 시작했다.

지이 : 이짜나요, 이짜나요, 언니. 혹시 좀 전에 집에 누구 안 왔어요?
시화 : 울 오빠 말고는 없는데, 왜?
지이 : 아니, 내가 오늘 겨울에 더위를 먹은 것도 아니고, 귀신을 본 것도 아니면 언니네 집에 분명히 방금 케이가 들어갔거든요? 언니 케이 알지요?

시화 : 응, 알지.

지이 : 근데 분명히 언니네 집에 방금 그 사람이 들어간 거 내가 봤거든요? 근데 건이 오빠 말고는 안 왔다면서요?.

시화 : 어, 우리 집에 케이 온 것 맞아.

지이 : ?? 뭔 말이에요?

시화 : 케이, 이 집에 들어간 것 맞다고.

지이 : 예, 진짜예요?

시화 : 응.

지이 : 근데 아까 왜 아무도 안 왔다고 했어요! 케이랑 무슨 사이에요? 어떻게 알아요? 언니네 집에 왜 들어가요?

시화 : 케이는 이 집 아들이고, 우리 오빠니까?

지이 : ?? 건 오빠 위나 아래에 동생이 또 있다는 거예요?

시화 : 아니 일남일녀야, 우리 집은.

지이 : 히잉, 무슨 소리예요, 그게.

시화 : ㅋㅋㅋㅋㅋ 아 웃기다.

지이 : 답답해 죽겠는데 그만 놀려요…….

시화 : ㅋㅋㅋㅋㅋㅋㅋㅋㅋ.

한편 옷도 갈아입지 못하고 자기 방에 서서 톡을 보내던 지이가 답답한 듯 핸드폰을 침대에 던졌다.

"아, 뭐야 이 언니! 이씨, 일단 씻고 보자."

잠시 후 샤워를 하고 머리를 말리며 방에 들어온 지이가 핸드폰 액정을 켜 보고는 놀란 눈을 떴다.

시화 : 궁금하면 지금 옥상으로 올라 가봐.

지이가 천장을 바라보았다. 22층 아파트였기에 지이의 집 바로 위가 옥상이었기 때문이다.

지이가 갑자기 두방망이질 치는 가슴을 부여잡고 황급히 트레이닝복을 꺼내 입었다. 오밤중에 다시 밖으로 나가는 지이를 본 윤희가 물었다.

"또 어디가? 방금 들어왔잖아."

"어! 나 잠깐만 편의점 갔다 올게!"

다급한 발걸음으로 옥상으로 뛰어올라간 지이의 귓가로 작은 기타소리가 들려왔다. 닫혀 있는 옥상 문 앞에 서서 기타소리에 귀를 기울이던 지이가 소리가 나지 않게 조용히 문을 열었다.

보름달이 크게 떠오른 초겨울의 옥상 끝에 너무나 아름다운 남자가 기타를 연주하고 있었다.

무섭지도 않은지 옥상 턱에 걸터앉아 기타를 치고 있는 남자의 입이 열리고 고운 미성의 노래가 울려 퍼졌다.

My friend, my friend.

(친구여, 나의 친구여.)

The world is so complex that I cannot beat them all by my power.

(세상은 너무 복잡해서 나의 힘으론 그것들 모두를 이길 수 없어.)

When my soul shrinks in a huge storm and does not know what to do.

(거대한 폭풍 가운데 위축된 나의 영혼이 어찌할 바를 몰라 헤매고 있을 때.)

In a world full of hypocrisy, I do not know where to go.

(위선으로 가득 찬 세상에서 어디로 갈지 몰라 머뭇거리고 있네.)

The only place I can avoid, music is enough for life.

(내가 피할 유일한 곳, 음악은 인생을 위해 충분하지만.)

Life is not enough for music Yes, my friend.

(인생은 음악을 위해 충분하지 않다네, 나의 친구.)

지이가 너무 아름다운 건의 목소리에 취해 그 자리에 멈춰 서 멍한 표정을 지었다. 달빛에 비쳐 실루엣만 보이는 건의 모습은 그것이 가진 선만으로도 여고생의 심장을 미친 듯이 두들기는 데에 충분했다.

노래가 끝나고 기타 연주가 멈추었다. 가만히 고개를 돌려 지이를 바라본 실루엣이 옥상의 턱에서 뛰어내렸다. 그가 다가오자 지이의 심장이 더욱 크게 뛰었다.

마침내 달빛에 얼굴이 드러나자 지이가 더듬거리며 말했다.

"케, 케이 오빠?"

건이 가까이 다가와 지이의 얼굴을 확인하고는 이를 드러내며 웃었다.

"나야, 건이."

"에…… 에…… 예?"

"건이 오빠라고."

"그게 무…… 헉?"

건이 놀라는 지이가 귀엽다는 듯 머리를 지이의 머리를 흐트러뜨리며 웃었다.

"하하, 나라고. 건이. 그리고 난 케이이기도 하고."

지이가 너무 놀라 말이 안 나오는지 그저 어버버거리기만 했다. 건이 지이의 손을 붙잡고 옥상 턱으로 갔다. 먼저 옥상 턱에 올라간 건이 손을 뻗어 지이의 손을 잡고 끌어 올렸다.

다행히 그물로 된 안전 펜스가 있어 위험하지 않아 보인 옥상 턱에 주저앉은 건이 아직 서 있는 지이를 올려다보며 말했다.

"앉아."

지이가 얼 빠진 표정으로 자리에 앉자, 옥상에 불어오는 차가운 바람을 한껏 들이마신 건이 말했다.

"아까 말하려고 했는데, 네 반응이 재미있어서 하하, 미안해."

지이가 주머니에 손을 넣어 핸드폰을 빼고는 건과 핸드폰을 번갈아 보며 말했다.

"그럼 날 바이크 뒤에 태우고 학교 산책을 했던 건이 오빠가…… 케이라고? 케이가…… 우리 옆집에 산다고?"

건이 크게 웃으며 말했다.

"크하하하하! 그래, 아 웃겨. 너 반응이 왜 이렇게 웃기냐, 하핫."

그 날 지이는 건이 집으로 돌아가자고 손을 잡아 끌어 집에 데려다 줄 때까지 정신을 차리지 못했다.

현관문을 열고 신발장 앞에 우두커니 선 지이가 다시 한번 자신의 핸드폰을 들고 톡을 보냈다.

지이 : 시화 언니, 이거 실화예요?

멍한 표정으로 핸드폰 화면만 보고 있던 지이가 시화의 답장을 보고는 환한 웃음을 지었다.

시화 : 그래, 실화야. 소문내면 죽는다. 너 예쁜 짓 많이 해서 이 언니가 특별 서비스한 거니까, 입 다물도록! 그럼 잘자, 지이야.

"끼아아아아아아아!"

지이가 신발장을 주먹으로 쾅쾅치며 난리를 치자 잠옷을 입고 뛰어나온 엄마가 소리를 질렀다.

"오밤중에 무슨 짓이야, 이년아! 얼른 가서 안 자?"

도끼눈을 뜬 엄마를 피해 방에 들어온 지이가 시화와의 톡 창을 보며 배실배실 웃었다.

지이는 침대에 엎드려 잠이 들 때까지 시화와의 톡 창을 보다가 잠이 들었다.

다음 날에도 마치 꿈에서 깨지 못한 아이처럼 멍한 표정으로 학교에 도착한 지이의 주위로 친구들이 모여들었다.

친구들은 다들 잠도 잘 자지 못했는지 푸석한 얼굴로 다가와 소리쳐댔다.

"야, 한지이! 이 배신자 계집애! 너만 케이 보니까 좋냐, 좋아?"

"와, 완전 배신감 쩔어! 어떻게 톡을 그렇게 보내고, 전화를 그렇게 해대도 다 씹을 수가 있어?"

"야 이 대역죄인 상태가 왜 이러냐? 정신 차려봐!"

문선, 연주, 상미, 미영, 진경이 지이를 둘러싸며 질문 폭탄을 던졌지만, 얼이 빠진 듯한 지이는 아직도 달콤한 꿈에서 깨어나지 못한 듯했다. 진경이 그런 지이의 등을 살짝 밀며 말했다.

"야 한지이! 이 복 많은 년! 옆집에 그렇게 멋진 오빠가 사는데 케이까지 만나다니 세상 복 다 받은 년!"

미영이 의아한 눈으로 물었다.

"옆집 오빠는 또 뭐야? 멋진 오빠?"

진경이 팔짱을 끼며 말했다.

"글쎄, 며칠 전에 학교 앞에서 봤는데, 엄청 잘생긴 오빠랑 무지하게 비싼 오토바이를 타고 왔다니까?"

문선이 지이의 목을 조르며 흔들었다.

"네 이년! 빨리 그 요망한 입을 열라! 천 년 묵은 구미호야, 빨리 그 비결을 토해내라!"

지이가 문선이 흔들어대는 대로 몸을 맡기며 앞 뒤로 몸을 흔들었다. 몽롱한 표정으로 초점 잃은 눈을 한 지이가 말문을 열자 모두가 지이의 입을 집중했다.

"우리 옆집에…… 우리 옆집에…….'

상미가 답답하다는 듯 소리쳤다.

"아! 답답해 미쳐 버리겠네, 옆집에 뭐!"

다른 친구들도 가슴을 치며 소리쳤다.

"아씨! 나 욕해도 돼?"

"나 좀 전에 염라대왕이랑 하이파이브 하고 왔어, 답답해서! 빨리 입을 열어라!"

드르륵.

"거기 뭐야? 자리에 앉아, 조회 시작해야지."

앞문을 열고 들어온 선생님을 본 아이들이 우르르 자리에 앉았다. 가장 마지막에 몸을 움직여 자리에 앉은 지이가 중얼거렸다.

"케이가 살아……."

♪♪♩

15명의 개발 인력이 모여 만든 작은 회사인 Arena Biz는 설립된 지 8개월밖에 되지 않은 회사였다. 비록 15명짜리 회사이긴 했지만, 대기업 출신의 멤버들이 모여 만든 회사는 벌써 두 개째 게임을 스토어에 출시했다.

첫 게임이 성공하지는 못했지만 나름 괄목할 만한 성과를 내어 만족한 대표는 두 번째 슈팅 게임에 회사의 사활을 걸었다.

올해 게임 업계 15년 차의 PM(Project Manager) 병호는 역시 대기업 출신으로 'Studio Experience'에 외주를 준 사운드 작업 파일을 검수하고 있었다. Apk 파일을 실행 후 BGM을 듣고 있던 병호가 고개를 크게 끄덕이며 말했다.

"휴, 한 번 까고 나니 역시 퀄리티 높은 게 나오네. 이 정도면 바로 써도 되겠다. 그런데 중독성 있네. 용태 대표님이 실력이 있긴 있나 봐."

병호가 만족스러운 표정으로 개발 프로덕트에 사운드 파일을 컨펌한 메일을 보내고 전화기를 들어 용태에게 전화를 걸었다.

"여보세요?"

"아, 대표님. 차병호입니다."

"아, 차 PM님. 사운드 파일 확인하셨어요?"

"하하, 예. 너무 만족스럽네요. 역시 대표님이십니다."

"그래요? 다행이네요, 이번에도 까이면 어쩌나 했는데. 또 그러면 이쪽도 답이 없거든요."

"하하, 이 정도 퀄리티가 처음부터 나왔다면 안 그랬죠. 어쨌든 감사합니다. 바로 적용하고 잔금 보내 드릴게요. 그런데 이거 은표 님이 아니라 대표님이 직접 작업하신 건가 봐요. 지난번과 퀄리티가 완전히 다르네요?"

"하하, 그래요? 지난번 거는 은표가 한 것이 맞습니다만, 이번 것은 다른 사람이 했어요."

"예? 대표님이 직접 하신 것이 아니고요? 혹시 이중 외주를 주신 건가요?"

"아! 아닙니다. 그냥 우리 스튜디오를 방문했던 친구가 손본 거예요."

"아, 다행이네요. 프로 뮤지션인가 봐요. 퀄리티를 보니."

"예, 케이입니다."

"네? 누구요?"

"케이요."

"제가 아는…… 그 케이 말씀인가요?"

"예, 그 케이 맞습니다."

"……."

잠시 말문이 막힌 병호에게 수화기 넘어 용태의 목소리가 울렸다.

"케이 이름은 쓰지 마세요. 'Studio Experience' 이름만 남겨주시면 됩니다. 그럼 다음에 또 봅시다."

전화가 끊어졌지만 병호는 귀에서 핸드폰을 떼지 못했다. 초점 잃은 눈으로 멍하니 있던 병호가 화들짝 정신을 차리며 자리에서 벌떡 일어나 머리를 쥐어뜯었다.

'케이 이름을 쓰지 말라니……. 아…… 지난번 사운드 파일 깔 때 조금 친절하게 말할 걸……. 하아, 최고의 마케팅 포인트가 눈 앞에서 날아갔다…….'

♪♩

한영 여대 도서관.

늦가을에서 초겨울이 접어드는 시기가 되었지만, 방학보다는 눈앞에 닥친 기말고사의 시험 준비에 바쁜 여대생들이 도서관을 꽉 메우고 있었다.

책장을 넘기는 소리와 간간이 이어폰의 볼륨이 높은 몇몇에게서 나오는 작은 음악 소리만이 도서관 공중을 떠다니고 있었다. 대부분의 학생이 집중을 위해 이어폰을 착용하고 있어 작은 소리 정도는 서로에게 방해가 되지 않은 듯했다.

한윤희는 한영 여대 1학년으로 이제 스무 살이 된 지 10개월이 넘은 새내기 여대생이었다. 파릇파릇하고 싱그러운 청춘이었지만, 노는 것에는 별 관심이 없고 집에서 뒹굴거리며 유튜브의 영상을 보는 것을 좋아하는 윤희는 또래보다 키도 크고 얼굴도 예쁜 편이었지만 그렇다고 눈이 번쩍 뜨이는 미녀는 아니었다. 그저 평범하지만 젊음이 가지고 있는 순수한 미로 인해 빛나는 젊은 처녀라고 하면 딱 맞을 것이다.

전공 책을 펴고 8인용 대형 책상에 앉아 있던 윤희가 자꾸 울려대는 핸드폰을 무음으로 바꾸며 얼굴을 찡그렸다.

'아, 지이 이 계집애, 도서관이라고 말했는데, 계속 톡질이야? 도대체 왜 이러는 건데, 공부할 것도 산더미인데.'

윤희가 액정 가득 올라오고 있는 톡 미리 보기를 보았다.

웬수 동생 : 언니 집에 올 때 치킨 사 오면 내가 진짜 비밀 하나 알려 준다.

웬수 동생 : 이거 진짜야! 거짓말 아니야! 치킨 때문은 아니라고.

웬수 동생 : 언니가 좋아하는 케이 소식이니까 기대해.

웬수 동생 : 내가 진짜 친언니니까 공유하는 거야.

웬수 동생 : 아! 입 간지러워 미치겠네! 언니 언제 와?

　윤희가 얼굴을 찡그렸다가 미간에 잡히는 주름이 신경 쓰이는 듯 손가락으로 미간을 누르며 고개를 갸웃했다.

　'케이 소식? 뭐 새로운 뉴스라도 떴나?'

　톡창을 확인하지 않고 내려 둔 윤희가 인터넷으로 접속해 케이의 기사를 검색했지만, 딱히 예전과 달라진 것은 없었다. 혹시나 해서 유튜브도 검색했지만, 이미 본 동영상들만 올라오는 것을 본 윤희가 한숨을 쉬었다.

　'휴, 잠깐이라도 속은 내가 바보지, 이 웬수 덩어리!'

　고개를 절레절레 저은 윤희가 가방 안에 폰을 밀어 넣었다. 폰에서는 계속 액정에 불이 들어왔지만 이미 무음으로 바꿔둔 윤희는 신경을 쓰지 않고 다시 시험공부에 집중하기 시작했다.

　세 시간가량 전공 도서를 읽은 윤희가 시계를 보고는 책을 주섬주섬 챙겨 가방에 밀어 넣고, 핸드폰을 꺼내 액정을 보고는 깜짝 놀랐다.

　'뭐야, 읽지 않은 카톡 81개? 한지이 이 계집애가 진짜 미친 거야?'

윤희가 가방을 어깨에 메고 도서관을 나서며 지이에게 전화를 걸었다. 지이는 핸드폰을 보고 있었던 참인지 신호가 한번 울리고 바로 받았다. 그런 지이에게 윤희가 소리를 버럭 질렀다.

"야! 한지이! 너 언니 오늘 시험공부 한다고, 늦는다고 했어, 안 했어? 사람 신경 쓰이게 할래, 자꾸?"

"언니, 잘 들어. 내 말 들으면 나한테 연락 안 한 세 시간을 평생 후회하게 될지도 몰라."

"헛소리하지 말고, 너 치킨 먹고 싶어서 그러는 거잖아, 너 아빠가 보내준 용돈 다 썼어? 얼마나 됐다고 벌써 다 쓰고 빌붙으려고 하냐? 돈 좀 아껴 써, 이것아."

"아, 아니라고!"

"뭐가 아니야!"

"아, 진짜 아니라니까! 언니 우리 옆집에 케이가 산단 말이야!"

"뭐?"

"옆집에 케이가 살고 있다고!"

뚝.

더 말할 가치도 없다고 생각한 윤희가 전화를 끊어버리고 그대로 가방에 넣고는 지하철로 향했다.

◈ 4장 ◈
옆집에 케이가 산다(2)

　'하여간, 아무리 철없는 고딩이라도 그렇지, 나 고등학교 때는 안 저랬는데, 지이 이년은 누굴 닮아서 이런 거야?'

　툴툴거리며 걸음을 빨리 걷던 윤희의 눈에 수업을 마쳤는지 혼자 지하철역으로 걸어가고 있는 시화의 뒷모습이 들어왔다. 평소 잘 챙겨주는 선배라 반가운 표정을 지은 윤희가 재빨리 다가가 시화의 허리를 잡았다.

　"언니!"

　"악! 깜짝이야!"

　"꺄하하, 언니 수업 끝나셨어요?"

　시화가 놀란 얼굴로 윤희를 위아래로 보다 말했다.

　"아, 진짜 놀랬잖아, 수업은 아까 끝났지. 교양 과목 레포트

쓰느라 교실에 좀 더 남아 있다가는 길이야. 너도 시험공부하고 왔나 보네?"

윤희가 살포시 웃으며 말했다.

"네, 언니. 집에 같이 가요!"

"그래, 옆집인데 뭐. 공부는 잘했고?"

윤희가 손사래를 치며 인상을 찌푸렸다.

"말도 마세요. 집중 좀 하려고 하면 지이 이 계집애가 어찌나 폭풍 톡을 보내는지 제대로 공부도 못 했어요. 결국, 폰 무음으로 바꾸고 겨우 서너 시간 집중했는데, 글쎄 도서관에서 나오다 보니까 톡이 80개 넘게 와 있더라니까요? 어떤 남자가 데려갈지 몰라도 얜 나중에 의부증 걸린 스토커가 될지도 몰라요."

시화가 뭔가 짐작된다는 표정으로 슬그머니 웃었다.

"왜? 뭐라는데?"

윤희가 가방에서 폰을 꺼내 마구 흔들며 말했다.

"와, 무슨 뻥도 그런 뻥을 치는지, 사람이 믿을 만한 걸로 낚시를 해야 파닥거리기라도 하죠. 집에 올 때 치킨 사 오면 비밀을 알려주겠다고 하길래 뭔가 했더니, 옆집에 케이가 산대요. 언니 케이 알죠? 아직 학생인데도 세계적인 스타가 된 사람."

시화가 터져 나오려는 웃음을 참으며 말했다.

"어, 알지. 엄청 잘 생겼잖아, 그 사람."

"네, 장난 아니죠. 전 유튜브 맨슨 뮤직비디오에서 처음 봤는데 정말 심장이 멎는 줄 알았다니까요? 하여튼 제가 케이 팬인 거 알고 치킨이 먹고 싶으니 낚시를 하는 거예요. 아니 무슨 케이가 옆집 아저씨도 아니고, 우리 옆집에 왜 살아요? 그리고 케이는 지금 네팔에 있잖아요. 세상이 다 아는데!"

"어…… 케이 한국 왔다는 것 같은데?"

윤희가 살짝 놀라는 표정으로 시화를 보더니 황급히 핸드폰으로 기사를 검색하기 시작했다.

지하철로 향하는 길에 앞도 보지 않고 시화에게 의지하며 걷던 윤희가 한참을 검색해도 케이의 입국 기사가 보이지 않자 고개를 들고 시화를 보았다.

"그런 뉴스 없는데요? 저 케이 팬이라 매일 뉴스 검색하는데, 한국 들어왔다는 이야기는 없었어요. 언니 어디서 보신 뉴스에요?"

시화가 어색하게 웃으며 답했다.

"아하하, 아니, 어디서 본 건 아니고 얼핏 들은 것 같아서. 비밀리에 입국했을 수도 있잖아."

윤희가 의심스러운 눈으로 시화를 보다가 이내 고개를 끄덕였다.

"뭐 그 정도 연예인은 비밀리에 입국하기도 하긴 하죠. 뭐가 됐든 그렇다고 해도 케이가 옆집에 산다니요, 차라리 옆집에

북조선인민공화국 위원장 동무가 산다고 하는 게 더 현실적이 겠다. 그렇죠?"

"아하하하, 북조선인민공화국? 꺄하하! 웃기다."

"아휴, 고 계집애는 하여간 하라는 공부는 안 하고 맨날 장난칠 궁리만 하고, 요샌 엄마 몰래 삼촌네 스튜디오 가서 노래 연습한다고 일주일에 두 번이나 독서실 간다고 거짓말하고 다녀오더라고요. 엄마한테 비밀로 해달라고 어찌나 졸라대는지, 저러다 대학도 못 가게 생겼어요."

"응? 지이가 노래를 해? 노래 잘하니?"

"뭐, 노래방 가면 잘한다는 소리 듣는 정도지, 절대 가수 할 실력은 안 되죠. 냉정하게 말해줘야 하는데 집안 어른들이나 친구들이 지이가 노래하면 잘한다고 치켜세워 주니 지가 정말 잘하는 줄 알고 있어요."

시화가 손으로 턱을 매만지며 잠시 생각해 본 후 말했다.

"지이가 치킨 사 오라고 했다고 했지?"

"네, 오늘 엄마가 교회 봉사활동 때문에 늦게 오신다고 해서, 집에서 밥해 먹기 귀찮으니까 사오라는 거죠, 뭐."

"음……. 너도 치킨 좋아해?"

"언니! 치느님한테 그 무슨 망발이세요? 치느님은 세계를 평정하신 지구의 신이세요!"

"꺄하하, 그래? 그럼 언니가 쏠 테니까 치킨 사 갈까?"

"네? 언니가요?"

"응, 우리 엄마도 오늘 아빠랑 동반으로 동창회 가셨거든. 나도 오빠랑 밥해 먹어야 하는데, 그냥 치킨 먹으면 편하잖아. 우리 집 와서 같이 먹는 건 어때?"

윤희가 잠시 머뭇거리다 말했다.

"안 그래도 지이가 언니네 오빠보고 이야기하더라고요, 그런데 그게…… 언니네 오빠는 처음 보는데…… 저 처음 보는 남자 앞에서 밥 먹으면 잘 체해서……"

"응? 스무 살이나 먹고도 귀여운 짓을 하네? 처음 보는 남자 앞에서 떨려서 그래? 뭐 어때, 그냥 옆집 사는 오빠인데. 우리 오빠가 좀 잘생기긴 했지만, 후훗."

윤희가 잘생겼다는 소리에 관심이 끌리는지 물었다.

"언니, 안 그래도 지이가 엄청 훈남이라고 그러던데, 진짜 그렇게 잘생겼어요?"

시화가 팔짱을 끼고 콧대를 들며 말했다.

"그럼! 이 언니를 봐라. 이 언니 같은 미녀의 오빠가 못생겼을 리가 있니?"

"꺄하핫, 언니 닮았어요? 크헤헤헤!"

시화가 손을 높게 들고 휘두르며 말했다.

"뭐냐 그 기분 나쁜 웃음은!"

윤희가 걸음을 빠르게 걸으며 지하철역을 뛰어들었다.

"꺅! 아니에요, 언니! 꺄하하!"

사이 좋게 지하철을 탄 두 사람은 집 앞 상가에서 치킨 두 마리를 사 시화의 집으로 향했다. 윤희가 잠시 집으로 돌아가 데려온 지이가 온 방을 뒤지며 돌아다니는 것을 보며 물었다.

"어? 오빠는 안 계세요? 야! 한지이, 너 남의 집에 와서 뭘 그렇게 뒤지는 거야, 가만 안 있을래?"

지이는 들은 척도 하지 않고 이 방 저 방을 기웃거리다 치킨 포장지를 뜯고 있는 시화에게 쪼르르 달려와 물었다.

"언니, 언니. 오빠는요?"

시화가 지이의 이마에 딱밤을 살짝 날리며 말했다.

"곧 올 거야, 이 왈가닥아. 조신하게 앉아 있어. 울 오빠는 얌전한 여자 좋아해."

갑자기 두 손을 모으고 후다닥 뛰어가 소파에 다소곳이 앉아 홍조 띤 얼굴을 살짝 숙이는 지이를 어이없는 눈으로 보고 있던 윤희가 물었다.

"오빠 어디 가셨나 봐요? 치킨 식으면 맛없는데."

시화가 치킨 무를 그릇에 옮겨 담으며 말했다.

"어, 오빠 오늘 학교 복학 때문에 예비군 면제 신청하러 갔어. 1년에 외국에 몇 개월 이상 있으면 예비군 훈련 면제래, 그거 알아보러 간 건데, 방금 전화했더니 근처래. 너희들이랑 집에서 치킨 먹는다고 말했으니까 금방 올 거야."

"아, 그렇구나. 언니 뭐 도와줄까요?"

"포장지만 뜯으면 되는데 뭘, 그냥 소파에 앉아서 TV라도 봐."

윤희가 잠시 시화 옆에서 머뭇거리다 소파에 아직 다소곳한 새색시처럼 앉아 있는 지이 옆에 앉으며 그녀를 째려보았다.

"너 뭐 하는 거냐, 도대체?"

"말 시키지 마. 얌전한 여자가 되어야 할 시간이니까."

"그게 뭔 소리냐고?"

"언니는 몰라도 돼. 아까 내 톡 세 시간이나 씹은 벌이야."

"참나, 뭔 소린지."

띠, 띠, 띠, 띠띠.

비밀번호를 누르는 소리가 나자 지이의 얼굴이 확 밝아졌지만, 필사적으로 벌떡 일어나 발광을 하고 싶은 것을 참은 지이가 다소곳한 포즈를 유지하며 얼굴을 붉혔다.

부엌에 있던 시화가 뛰어나오며 말했다.

"오빠 왔어?"

계속 같은 포즈를 유지하고 있는 지이를 황당한 눈으로 보고 있던 윤희의 고개가 현관문으로 돌려졌다.

고개를 돌려 현관문을 열고 들어온 남자를 본 윤희는 갑작스레 주위의 시간이 느리게 가는 듯했다.

하얀 피부에 적당한 길이의 머리카락이 이마를 살짝 덮은 남자는 깊은 눈매와 우뚝 솟아오른 날카로운 콧날에 피가 떨어질 듯 붉은 입술을 가지고 있었다.

머리끝에서 발끝까지 명품으로 보이는 옷을 입은 키가 큰 남자가 자신을 보고 싱긋 웃었다.

"안녕하세요? 윤희 씨죠? 말씀 많이 들었습니다."

천천히 박동을 알리던 윤희의 심장이 미친 듯 뛰기 시작했다. 윤희가 자리에서 일어나지도 못한 채 손가락으로 건을 가리키며 더듬었다.

"케, 케, 케, 케, 케이?"

건이 싱긋 웃은 후 다소곳하게 앉아 고개를 살짝 숙이고 있는 지이에게 말했다.

"지이 안녕? 왜 그러고 있어?"

지이가 살짝 고개를 숙이며 몸을 베베 꼬았다.

"안녕하세요, 오빠."

"어디 안 좋니? 너답지 않게 왜 그래?"

"아니에요, 전 원래 조신한 여자라 그래요."

"응? 무슨 말이야, 그게?"

시화가 다가와 건의 팔짱을 끼며 웃었다.

"신경 쓰지 마. 원래 지랄견과 여고딩은 종잡을 수 없는 법이야. 오빠 배고프지? 치킨 먹자."

건이 이상하다는 표정으로 지이를 보다 식탁으로 다가가자 시화가 말했다.

"윤희야, 지이야. 빨리 와, 식기 전에 먹자."

지이가 자리에서 벌떡 일어나자 황급히 지이의 팔을 잡은 윤희가 작게 속삭였다.

"야, 너 케이 오빠 알아?"

지이가 의기양양한 표정으로 윤희를 내려다보며 말했다.

"내가 그랬지? 후회할 거라고. 후훗"

윤희가 눈을 부라리며 말했다.

"죽을래? 아니, 아니, 이거 지금 꿈 아니지?"

"뭔 꿈이야, 진짜 케이가 옆집에 산다니까, 왜 내 말 안 믿었어?"

윤희가 식탁 의자를 빼고 있는 건을 눈짓하며 속삭였다.

"너 같으면 믿겠냐? 좀 알아듣게 설명해 줘야지, 다짜고짜 케이가 옆집에 산다고 하면 누가 믿어 계집애야!"

지이가 윤희가 잡고 있는 팔을 빼며 말했다.

"몰라, 난 말해줬어. 나 건이 오빠랑 1초라도 더 있고 싶으니까, 이거 놔."

윤희가 지이의 팔을 더 꽉 붙들며 말했다.

"이거 진짜 꿈 아니지? 나 지금 케이랑 한집에 있는 거 맞지?"

지이가 윤희에게 잡힌 팔을 마구 휘두르며 속삭였다.

"이거 놓으라고! 케이가 아니라 건이 오빠야, 한국인이 왜 케이라고 불러? 놓으라고!"

지이가 윤희의 손을 뿌리치고는 식탁으로 뛰어갔다.

혼자 소파에 남아 멍하니 식탁에 앉아 시화가 주는 치킨을 받아 들고 있는 건을 보던 윤희에게 시화가 말했다.

"윤희 안 먹어? 빨리 와."

"아! 네, 네! 언니, 가요!"

윤희가 날 듯이 뛰어 식탁에 앉자 본격적인 치킨 먹방이 시작되었다.

지이가 살살거리며 통통한 닭 다리를 집어 건에게 내밀었다.

"오빠, 다리 드세요!"

시화가 지이의 손을 탁, 치며 말했다.

"우리 오빠는 다리 안 먹거든? 어릴 때부터 가슴살만 먹어."

윤희가 잽싸게 닭 가슴살을 집어 들고는 말했다.

"오빠, 이거요. 이거 드세요."

"아, 고마워요. 윤희 씨도 어서 드세요."

윤희는 치킨을 건네주다 건과 손이 스치자 얼굴을 붉히며 손을 꼼지락거렸다. 지이 역시 건의 얼굴에 시선을 고정한 채 손에 든 닭 다리를 내려놓았다.

그런 두 사람을 본 시화가 피식 웃으며 말했다.

"야, 한윤희. 너 아까 치느님이 신의 선물이라고 할 땐 언제고, 왜 안 먹어? 한지이 너도 아침부터 치킨 사 오라고 노래를 불렀다며, 어서 먹어."

윤희와 지이가 화들짝 놀라며 치킨을 입으로 가져가자 건 역시 웃으며 치킨을 먹기 시작했다.

하지만 건의 눈치를 보느라 제대로 먹지 못하고 깨작거리는 두 사람을 본 시화가 말했다.

"한지이, 너 지난번에 아파트 입구 포장마차에서 떡볶이 먹을 땐 며칠 굶은 사람처럼 게걸스럽게 먹더니 오늘은 왜 그래?"

지이가 화들짝 놀라며 치킨을 내려놓고 말했다.

"어머! 언니? 내가 언제 그랬어요……. 전 원래 많이 안 먹어요……."

"참나, 너 떡볶이 3인분 혼자 다 먹는 거 봤거든? 그것도 10분 만에?"

"아하하! 언니…… 농담도 참, 저 떡볶이 1인분도 혼자 다 못 먹어요."

"놀고 있네, 한윤희! 너도 학식 먹을 때 돈까스 자르지도 않고 포크로 찍어서 통째로 들고 먹는 거 다 봤거든?"

이번에는 윤희가 화들짝 놀라며 말했다.

"어머! 언니……. 그, 그때는 나이프가 잘 안 들어서……."

시화가 허리춤에 손을 올리고 고개를 절레절레 흔들었다.

"나이프 잘 안 든다고 통째로 들고 먹냐? 오빠 여자들이 이래, 이것들 순 내숭뿐이라니까? 그러니까 오빠도 나가서 여자들 내숭에 속으면 안 돼, 알았지?"

건이 치킨을 먹으며 웃었다.

"왜, 둘 다 착하고 예쁜데."

건이 예쁘다는 말을 하자 윤희가 얼굴을 붉히며 고개를 숙였고, 지이는 오히려 환하게 웃으며 애교를 부렸다.

"그렇죠? 그렇죠? 우리 건이 오빠는 역시 여자 보는 눈이 있다니까."

시화가 지이에게 꿀밤을 먹이며 말했다.

"웃기고 있네, 아주. 치킨이나 드셔."

다시 식사가 시작되었지만, 여전히 깨작거리기만 하는 둘을 본 시화가 피식 실소를 짓다 문득 지이에게 말했다.

"아참, 지이 너 노래하고 싶어서 삼촌한테 가서 연습한다며? 너 음악 하려고?"

지이가 약간 부끄러워진 듯 윤희를 째려보며 말했다.

"언니! 비밀이라니까."

건이 웃으며 말했다.

"나도 다 아는데 뭐, 우리 거기서도 봤잖아."

시화와 윤희가 놀란 눈으로 지이를 보았다.

지이가 수줍은 미소를 짓자 시화가 물었다.

"오빠가 지이 삼촌을 알아? 어떻게?"

"어, 나 드라마 OST 부른 거, 녹음을 지이 삼촌 스튜디오에서 했거든."

"아, 진짜? 와 인연 봐라, 지린다."

건이 지이를 보며 물었다.

"그런데 지이 너 음악 하려고 하는 거야?"

지이가 부끄러운 표정으로 고개를 끄덕였다.

"네, 음대에 가고 싶어요."

"그래? 어디 지원하게?"

"그게……."

"응? 어딘데?"

"주, 줄리어드……."

시화가 눈을 크게 뜨며 말했다.

"줄리어드? 야 거기 천재들이나 가는 데야. 너 그렇게 잘해?"

지이가 약간 자신 없어진 표정으로 말했다.

"아직은 택도 없지만, 연습 열심히 하고 있어요……."

건이 웃음을 지으며 지이의 등을 토닥여 주었다.

"그래, 열심히 해서 안 되는 일이 뭐 있겠어. 열심히 해봐."

지이가 얼굴을 환하게 밝히며 말했다.

"그렇죠, 오빠?"

"그럼, 그런데 영어는 좀 해?"

지이가 순식간에 얼굴을 어둡게 만들며 말했다.

"난…… 그냥 노래만 하고 싶은데…… 공부는 싫어요."

건이 살짝 진지한 표정으로 지이를 보았다. 시화와 윤희는 건의 표정이 달라지는 것을 보고 슬금슬금 눈치를 보았고, 지이 역시 분위기가 달라진 것을 느끼고 머뭇거렸다.

그런 지이를 한참 보던 건이 입을 열었다.

"지이야. 하고 싶은 것을 하는 것은 참 중요한 일이야. 그런데 내가 하고 싶은 것을 하기 위해 하기 싫은 몇 가지를 해야 하는 것은 세상 어떤 일에도 대입되는 것이란다. 네가 정말 진지하게 음악이 하고 싶고, 또 한국의 대학이 아닌 외국의 대학에 진학하기를 원하면 하기 싫어도 공부해야 해."

건이 고개를 살짝 숙이고 눈치를 보고 있던 지이의 머리를 쓰다듬어주며 따뜻하게 말했다.

"하고 싶은 것만 하고 살 수 있으면 얼마나 좋을까? 그런데 정말 하고 싶은 것을 하며 살고 있는 사람들은 말이야, 그것을 이루기 위해 수없이 많은 하기 싫은 것들을 해냈기에 그렇게 살고 있는 거란다. 지이도 그럴 수 있지?"

지이가 건의 손길을 느끼며 아기 고양이 같은 기분 좋은 소리를 냈다.

"아우웅, 네 그럼요, 오빠. 열심히 할게요. 영어 공부도."

건이 고개를 끄덕이다 말했다.

"꼭 줄리어드에 갈 필요는 없어. 한국에서도 충분히 좋은 수업을 받을 수 있을 거야. 그러니 너무 무리는 하지 말고."

"네, 오빠. 그럴게요."

시화가 건과 지이를 번갈아 보며 말했다.

"뭐야, 오빠. 너 완전 어른 같다?"

건이 이를 드러내고 웃자 시화가 콜라를 한 모금 마시고 말했다.

"그나저나, 오빠. 내일 부산 가지?"

"응, 내일 오전에 출발하려고."

지이가 재빨리 물었다.

"부산이요, 오빠? 부산에 왜 가요? 공연?"

건이 고개를 저으며 말했다.

"아냐, 나 열흘 정도 후에 출국하거든. 복학해야지. 그전에 할머니, 할아버지 추모관에 가서 인사드리려고."

"아, 두 분 다 돌아가셨군요?"

"응, 할아버지는 얼굴도 못 봤어. 아버지 말씀으로는 돌아가신 지 40년도 넘었다고 하더라. 우리 아버지가 십 대 때 돌아가셨대."

"일찍 돌아가셨구나……. 그럼 할머니 혼자 아버님 키우신 거예요?"

"아버지뿐 아니지. 아버지 밑으로 삼촌 두 분과 쌍둥이 고모도 계시니까, 총 다섯 명을 혼자 키우셨어."

"대단하시다……. 할머니는 언제 돌아가셨는데요?"

"나 상병 때니까, 한 일 년 좀 넘었을 거야."

"그렇구나……."

윤희는 얌전히 둘의 대화를 듣고만 있다가 건의 접시가 비워지면 바로 새 치킨을 올려주고 있었다.

시화는 그런 윤희를 힐끗 본 후 건에게 말했다.

"그런데 오빠, 뭐 타고 가? KTX 같은 거 타면 오빠 다 알아볼 텐데, 어쩌려고?"

건이 주머니에서 바이크 키를 꺼내 돌리며 웃었다.

"내 애마 타고 가야지."

"뭐? 부산까지 거리가 얼만데 오토바이를 타고 가? 위험해."

"괜찮아, 어차피 바이크는 국도로 달려야 하니까 이참에 구경도 하면서 느긋하게 다녀오려고."

"위험한데…… 엄마도 알아?"

"어, 알지. 엄마도 반대하긴 했는데 뭐 차도 없고, KTX는 타기 힘드니 할 수 없잖아?"

"에휴 가는 길에 아무 데서나 자지 말고, 좋은 데 가서 자. 보안 좋은 곳으로."

"하하, 알았어."

윤희가 시화와 건의 대화를 가만히 듣고 있다 머뭇거리며 말했다.

"그, 그럼 오빠. 언제 돌아오세요?"

건이 고개를 들어 벽에 걸린 달력을 보며 말했다.

"음……. 가서 할머니 댁에서 이틀 정도 잘 거고, 내려가는데 이틀, 돌아오는데 이틀이니까. 육일 정도 후가 될 것 같아요."

"네? 두 분 다 돌아가셨는데 할머니 댁이 남아 있어요?"

"네, 아직 짐 정리를 다 못한 것도 있고, 부동산에 내놓은 집이 안 팔려서 그대로 있거든요."

"그럼……. 돌아오시고 출국하기 전에 나흘 정도 시간이 있으시겠네요?"

"네, 아마도요."

시화가 갑자기 눈을 곱게 치켜뜨며 끼어들었다.

"어이 한윤희 씨? 우리 오빠 외국 나가면 우리 가족도 보기 힘들거든? 가족끼리 시간 보내야 하니 끼어들지 마시지?"

윤희가 얼굴을 붉히며 말했다.

"아, 아니, 언니. 그런 뜻이 아니고……."

시화가 이미 울상이 된 지이와 윤희를 번갈아 보다가 한숨을 쉰 후 건에게 말했다.

"오빠, 하루 정도만 시간 내라. 애들이 오빠 팬이라서 같이 있고 싶나 봐. 애들 내가 오래 봤는데 착한 애들이거든. 집에 아빠가 안 계셔서 우리 아빠가 힘쓰는 일은 좀 도와줘서 가깝게 지내는 이웃이기도 하고. 그냥 별거 없이 집에서 하루 같이 놀자. 그 정도 시간 낼 수 있어?"

건이 별거 아니라는 듯 고개를 끄덕이자 기대에 찬 눈으로 건을 보고 있던 윤희와 지이가 만세를 불렀다.

시화가 콧대를 들이세우며 말했다.

"너희 둘은 오늘부터 이 언니를 신으로 모셔라. 그리하면 너희에게 케이와의 하루를 선물해 주겠노라."

윤희와 지이가 의자에서 내려와 바닥에 무릎을 꿇고 경배하는 모습을 취하며 절을 올렸다.

"신이시여! 믿습니다!"

건은 웃고 떠드는 셋의 모습을 보며 그저 웃음만 지었다.

건의 눈에 식탁 맞은편에 걸린 가족사진이 들어왔다. 맨 앞 의자에 앉아 있는 늙은 할머니의 모습 뒤로 아버지와 삼촌, 고모들이 서서 환하게 웃음을 짓고 있는 사진이었다.

쪼글쪼글하지만 환한 웃음을 머금고 자식들과 사진을 찍는 것이 즐거워 보이는 할머니의 모습을 본 건의 눈이 깊어졌다.

'보고 싶어요, 할머니. 곧 보러 갈게요.'

◈ 5장 ◈
부산행

"옷 따뜻하게 입고 가고, 숙소 같은 데 잡으면 꼭 전화하고, 아이고 옷 안에 히트텍이라도 입고 가라니까 말 안 듣네."

영하가 현관문 앞에 선 건의 옷깃을 만져주며 잔소리를 했다. 건이 오랜만에 들어보는 영하의 잔소리가 기분 좋은 듯 웃음을 짓자, 영하가 말했다.

"할아버지, 할머니 묘는 부산 추모공원 5-483이야. 꼭 기억해, 거기 넓어서 번호 모르면 못 찾아."

"네, 엄마. 가서 인사 잘 드리고 올게요."

"그리고 집 주소 알지? 부산 영도구 신선동이다. 날도 추운데 헤매지 말고 제대로 찾아가고, 오토바이 운전 조심하고, 갑자기 빨리 달리는 차가 오면 양보하고, 알았지?"

"하하, 엄마 내가 얘도 아니고, 알았어요. 잘 다녀올게요."

영하가 다시 한번 건이 쓴 모자를 만져주며 말했다.

"시화가 기말고사라서 엄마한테 신신당부해 달라고 어제부터 어찌나 난리였는데, 넌 시화 있었으면 여기 서서 30분은 설교 듣고 갔어야 해. 지금 엄마만 집에 있는 걸 다행으로 생각해."

"히힛, 알았어요. 그럼 다녀올게요, 엄마."

건이 엘리베이터를 타고 나와 바이크의 헬멧을 쓴 후 아파트 위를 바라보자 창문으로 아래를 내려다보고 있는 영하가 보였다.

어려서 유학을 보내고, 또 바로 군대를 보낸 엄마는 건과 함께 보내는 짧은 며칠이 참 행복했다. 엄마의 마음을 느낀 건이 크게 손을 흔들었다.

영하도 마주 손을 흔드는 것을 본 건이 미소를 지은 채 바이크에 올라탔다. 묵직한 엔진음이 울리고 가방에서 선글라스를 꺼내 쓴 건이 목 아래로 내려 두었던 마스크를 쓰고 바이크를 출발시켰다.

♪♩♪

초겨울의 쌀쌀한 날씨였지만, 상쾌한 바람을 맞고 있는 건은 무척 기분이 좋았다. 난생처음 바이크로 국도를 여행하는 것도 무척 기대되었다. 길도 모르지만, 핸드폰 내비게이션 어플이 있었기에 안심이 되기도 한 건이었다. 묵직한 배기음을 울리며 순식간에 서울을 빠져나간 건의 눈에 금방 산이 우거지고, 논밭이 펼쳐진 곳이 들어왔다.

'서울에서 조금만 벗어나도 정겨운 시골 풍경이 있긴 하구나. 아, 고속도로도 바로 옆이고 국도도 잘 닦여 있으니 시골이라고 부르긴 뭐하지만, 논밭을 보니까 기분이 좋네. 놀러 온 것 같고.'

어릴 적 부산 해운대구에 살던 건은 서울에 와 광진구 광장동에 살았다. 모두 도심지였고, 조모님 댁 역시 부산역에서 매우 가까운 영도였기에 들녘이 펼쳐진 시골을 접하며 살지 못한 건은 눈에 비친 모든 것이 생소하고 새로웠다.

휴게소가 나오면 잠시 들려 목을 축이거나, 배를 채우고 다시 출발하는 것을 반복하던 건은 어느새 늦은 오후를 맞았다. 한적한 시골길은 왕복 이 차선 도로였는데, 건의 바이크 앞에 국도를 순환하는 버스가 천천히 달리고 있었다.

버스 안은 근처에 여고라도 있는지 여고생들로 꽉 차 있었다. 초겨울에 튼 히터 바람이 너무 더웠는지 창문을 활짝 열고 재잘거리던 여고생들은 옆을 지나가는 멋진 오토바이를 보고는 손가락으로 가리키며 떠들어대기 시작했다.

건이 중앙선 반대편에 차량이 없는 것을 확인하고 버스 옆으로 빠져나가려는 순간 여고생들이 열린 창문으로 소리를 질렀다.

"꺄악! 오빠 오토바이 진짜 멋지다!"

"멋진 오빠 얼굴 좀 보여줘요! 아저씨인가?"

건이 갑자기 들려온 여자아이들의 목소리에 버스 창을 보고는 씩 웃었다.

'날 알아보려나?'

건이 마스크를 내리고 선글라스를 벗었다. 버스 안에 있는 여고생들은 건이 얼굴을 드러내자 꽃미남이라며 소리를 지르다 누군가 외친 한 마디에 아수라장이 되었다.

"케이다!"

"뭐? 어디 어디! 헉 진짜다!"

"꺄아아아아아악!"

여고생들이 핸드폰 카메라를 들기 시작하자 재빨리 선글라스를 쓴 건의 바이크가 속도를 내 버스 앞으로 추월해 나아갔다.

버스 안에서 난리가 난 여고생들이 버스 앞창으로 물밀 듯 밀려들었다. 건이 바이크를 몰며 사이드미러에 비치는 버스를 보며 웃음 지으며 더욱 속도를 내자 곧 다시 한적하고 조용한 시골길을 달릴 수 있었다.

건의 눈에 길옆을 지나가는 어린 손자와 그 손자의 손을 잡고 다칠까 고이고이 도로 안쪽으로 손자를 밀고 있는 할머니가 보였다.

'우리 할머니도 어릴 때 날 참 많이 데리고 다니셨는데. 엄마랑 종교 문제로 싸우지 않았다면 좀 더 많은 시간을 보낼 수 있었겠지?'

건의 할머니는 18세에 할아버지와 결혼해 집안에 왔다. 장손이었던 건의 할아버지에게 시집온 할머니는 일 년 내내 제사를 챙기느라 정신이 없으셨다.

독실한 불교 신자였던 할머니는 가끔 절에 가실 때 건의 손을 잡고 고즈넉한 언덕길을 오르며 옛날이야기를 해주시곤 했다.

'처음 절에 가본 날 입구에 있던 사천왕상을 보며 무서워 울던 내게 불법에 귀의하는 자들을 수호하는 착한 사람들이라고 설명해 주셨지만, 솔직히 수호하는 사람들 발밑에 사람을 밟고 있는 모습은 무서웠었어. 특히 칼을 들고 있던 증장천왕은 그 날 밤 꿈에도 나왔었으니까.'

건이 바이크를 스치는 바람을 느끼며 할머니를 떠올렸다.

'가톨릭 집안에서 태어나 개신교로 전향한 엄마는 맏며느리임에도 제사를 거부하셨었지. 그래서 점점 할머니와 반목했지만, 할머니는 언제나 내게 잘해주셨으니까, 보러 가고 싶었지. 엄마가 안 간다고 해서 어릴 땐 못 갔지만, 중학교에 들어간 후에 마음만 먹으면 혼자라도 갈 수 있었는데, 내가 너무 무심했

어. 나중에 잘해드려야 한다고 생각했지만 이미 떠나셨구나.'

건이 여러 가지 생각을 하며 바이크를 몰고 가는 동안 어느 새 해가 졌다. 라이트를 켜고 시내가 나올 때까지 주행하던 건이 가로수까지 사라진 국도가 너무 위험하다는 것을 느끼고는 천천히 서행하며 내비게이션을 보았다.

"경상북도 영천시? 시내로 들어가려면…… 대미리라는 곳을 지나야 하는구나. 혹시 모텔이라도 있으려나 모르겠네. 너무 어두워서 고양이나 개라도 튀어나오면 사고가 날 것 같으니 자고 가야겠다."

핸드폰을 바이크 핸들 거치대에 꽂아 넣은 건이 바이크를 몰아 대미리로 진입했다. 한적한 시골 마을은 그리 늦은 밤이 아님에도 불이 꺼진 집이 많았다.

대미리를 거쳐 시내로 갈 생각이던 건은 그저 그런 집들을 스쳐 지나가다 멀리서 들리는 시끄러운 음악 소리에 바이크를 멈추고 시동을 껐다.

"응? 무슨 음악 소리지?"

귀를 기울이던 건의 귓가로 꽹과리와 북소리가 시끄럽게 울리고, 방울 소리나 사람이 소리를 지르는 소리 등이 섞인 소음이 들려왔다.

건이 시동을 건 후 소리가 나는 쪽으로 바이크를 몰았다. 작은 여러 개여 집을 지난 언덕길 꼭대기에 있는 대궐 같은 기와

집에 가까이 가자 소리가 점점 크게 들려왔다.

큰 대문이 활짝 열려 있고, 대문 앞에 마을 사람들로 보이는 아주머니들이 안쪽을 구경하며 떠들어대고 있는 것을 본 건이 돌담 벽에 바이크를 세워두고 정문 안쪽을 보았다.

'무당이네? 요새 같은 때에도 굿을 하는구나. 굿하는 거 처음 보네. 잠깐 구경하다 가야겠다.'

건이 팔짱을 끼고 정문 앞에 서자 큰 소머리를 잘라 테이블 위에 올려두고 갖가지 음식들과 촛불이 켜진 테이블 앞에 멍석을 깐 무당이 펄쩍펄쩍 뛰며 알 수 없는 말을 외치는 것이 보였다.

건이 신기한 눈으로 굿판을 보고 있다 보니, 주위에 있던 세 명의 아주머니가 수다를 떠는 것이 들렸다. 평소 남의 말을 엿듣는 성격은 아니었지만, 현 상황에 관한 이야기를 하는 것으로 보이는 대화 소리에 궁금한 마음이 들어 귀를 기울였다.

심하다 싶을 정도로 뽀글거리는 파마를 한 아주머니가 인상을 찌푸리며 말했다.

"아니, 이게 무슨 일이래? 대대로 이 마을 지주하던 집인데 무슨 이런 일이 다 있어?"

머리를 단정히 뒤로 묶어 망으로 감싼 아주머니가 파마머리 아주머니의 팔을 때리며 말했다.

"그러게, 그러게! 아이고, 영천 최씨면 조선 시대부터 유명한 종갓집인데 어떻게 이런 일이 일어나?"

얼굴에 큰 점이 있는 아주머니 역시 고개를 끄덕이며 거들었다.

"학두가 올해 여섯 살이지? 칠 대 독자라고 할아버지가 얼마나 애지중지 키웠는데, 갑자기 귀신이 들리다니 이게 무슨 소리야, 글쎄?"

"그러게 말이야. 뒷산에서 놀겠다고 자기 엄마랑 올라갔다가 갑자기 애가 게거품을 물고 덜덜 떨면서 쓰러지더래. 학두 엄마 저 얼굴 좀 봐. 어떡하니 진짜."

건이 고개를 돌려 멍석 앞에 무릎을 꿇고 치성을 드리고 있는 삼십 대 후반의 여자를 보았다. 하얀 한복을 입고 무릎을 꿇은 그녀는 손이 발이 되도록 빌고 또 빌고 있었다.

얼마나 걱정이 많았는지 눈이 움푹 들어가고 그늘이 져 있는 그녀는 금방이라도 쓰러질 듯 위태위태했다.

하지만 엄마의 마음은 그런 피곤함을 이기는지 끊임없이 치성을 드리고 있었다.

"학두 할아버지가 얼마나 분노하셨는지, 글쎄 아끼던 곰방대를 부러뜨리고 용하다는 무당을 남해에서 데려왔다잖아. 저 여자 남해 보살이지? 저 여자, 소문으로는 무당 해서 일 년에 오억도 넘게 버는 용한 무당이래, 글쎄."

"용하기는 뭘 용해? 벌써 삼 일째인데. 매일 저녁 6시부터 9

시까지 굿하는 소리 때문에 시끄러워 죽겠는데, 삼 일씩이나 굿하고도 효험이 없잖아."

"윤미 엄마도 참, 귀신 들린 게 그리 쉽게 고쳐지겠어? 아무리 용한 무당이라도 시간이 걸리나 보지."

"그나저나 학두 할아버지 좀 봐. 금방 쓰러지실 것 같은데, 저 연세에 평상에 앉아 몇 시간씩 저러고 보고 계시네. 할머니가 들어가 쉬라고 아무리 말해도 안 들으시고."

"그래도 학두 할아버지가 이 동네에서 인덕이 쌓이셨으니까, 하늘이 알아주실 거야. 이 동네 사람들이 얼마나 존경하는데."

"그러게, 우리 집도 애 아빠 트럭 사고로 일 년이나 일 못 했을 때 학두 할아버지가 무이자로 돈 융통해 주셔서 얼마나 고마웠는데, 지금도 애 아빠는 학두 할아버지 일이라면 자다가도 벌떡 일어나 도우러 간다니까?"

건의 눈에 대청마루에 앉아 우두커니 굿판을 보고 있는 할아버지가 들어왔다. 아흔 살은 가뿐히 넘어 보이는 할아버지는 얼굴 가득 검버섯이 피어 있었지만, 인덕이 눈에 보이는 수준으로 인자한 인상을 가지고 있었다.

그 얼굴에 걱정이 가득한 것을 보니 건의 마음이 아파졌다. 굿판 앞에 할머니 품에 안겨 있는 아이는 사람들에 가려져 보이지 않았지만, 할아버지의 눈길은 굿판보다 할머니 품에 안긴 손자에게 가 있었다.

"아니 그런데 얼마나 악독한 원귀가 들어왔길래 저 어린 학두가 얼굴이 파랗게 질려 있어, 그래? 안쓰러워서 못 보겠네, 정말. 얼마나 귀엽고 예의 바른 아이였는데."

"어제 낮에 요 앞 슈퍼 아줌마가 봤다는데, 영천성당 신부님이 다녀가셨대. 그런데 글쎄. 신부님이 식겁을 하고 도망가듯이 뛰어나가면서 '악마다! 악마가 씌었다!' 이러면서 소리를 지르더래."

"뭐? 악마? 귀신도 아니고 악마면 더 급이 높은 거 아니야? 이러다 학두 잘못되면 어째 그래, 쯧쯧."

건이 고개를 갸웃하며 생각했다.

'영화에서 보면 악마에 빙의된 사람은 막 이상한 말 하고 목도 돌아가고 하던데, 그냥 저렇게 힘없이 안겨만 있는 악마도 있나? 내가 영화를 너무 많이 본 건가…….'

건이 학두라고 불리는 아이를 자세히 보기 위해 까치발을 들고 보다 사람들을 헤치며 앞으로 나아갔다.

할머니 품에 안긴 아이는 파리한 안색과 피가 말라붙은 입술을 덜덜 떨고 있었다. 너무 어린 남자아이의 안쓰러운 모습을 본 건이 안쓰러운 눈으로 아이를 바라보고 있던 도중 아이가 천천히 건에게 시선을 돌렸다.

공중에서 건과 아이가 눈이 마주친 순간 아이가 경악한 얼굴로 건을 손가락질하며 소리를 질렀다.

"끄아아아악! 다, 다, 당신은!"

그리고 학두가 건을 보며 놀라는 것과 동시에 굿판을 벌이던 무당이 눈을 까뒤집으며 신을 받아들였다.

굿판을 보고 있던 모든 마을 사람과 집안 식구들, 악기를 연주하던 화랑이 눈을 까뒤집고 부들부들 떨고 있는 무당을 보았다.

건의 주위에 있던 사람들이 학두가 건 쪽을 손가락질하며 몸을 떨자 잠시 뒤를 돌아보았지만, 무당이 신을 받아들이는 장면이 더 신기했던지 굿판에 시선을 집중했다.

무당이 고개를 푹 떨궜다가 다시 고개를 획 들었다. 그녀는 날카로운 눈초리로 사방을 바라보다 마치 아쟁과 같은 뾰족한 음성으로 입을 열었다.

"어느 놈이 만대에 덕을 쌓은 집에 침입했는고? 오밤중에 방죽에 나 앉을 놈을 봤나! 썩 나오거라!"

무당이 방울을 흔들며 모여든 사람들을 하나하나 노려보다 할머니가 일어나 품에 안은 학두를 내밀자 기겁을 하며 뒤로 쓰러졌다.

"허어어어억!"

무당이 갑자기 뒤로 나자빠지며 바닥을 기어 학두에게서 멀어지려고 사력을 다했다. 무당은 바닥을 기며 소리를 고래고래 질렀다.

"잘못했습니다요! 잘못했습니다요! 쇤네가 눈이 멀어 어르신을 알아 뵙지 못하였소! 지금이라도 당장에 사라질 터이니 살려주시어요!"

무당이 눈물 콧물을 쏟아내며 바닥을 기어 다니자, 사람들이 술렁거렸다.

"아니, 진짜 대단한 귀신이 붙었나 봐. 저 용하다는 무당이 벌벌 떠네, 그려."

"남해 보살이면 애기 보살이잖아? 신내림을 받고도 저리 겁먹은 걸 보면 보통 악독한 귀신이 아닌가 봐. 어머, 어머. 저 무당 좀 봐! 기어서 이쪽으로 온다! 엄마야!"

무당이 바닥을 기어서 정문 쪽으로 빠르게 다가와 문지방을 넘어 계단에서 굴러떨어졌다.

"아이고! 나 죽네!"

바닥을 구른 무당이 정문 안쪽 눈치를 슬금슬금 보더니 몸을 일으켜 그대로 줄행랑을 쳤다. 멍석 위에 앉아 멍하니 무당을 보고 있던 화랑들이 주섬주섬 악기를 챙기더니 사람들의 눈치를 보며 물러갔다. 멍석에 무릎을 꿇고 기도를 올리던 어머니가 그 모습을 보고는 소리를 지르며 자리에서 쓰러졌다.

"학두야! 우리 학두는 어쩌라고! 아!"

어머니가 쓰러지자 학두를 안고 있던 할머니가 달려왔다.

"애미야! 학두 애미야! 정신 차려 보거라, 애미야!"

대청마루에 앉아 그 모습을 보고 있던 할아버지가 힘겹게 일어나며 가래 끓는 목소리로 소리를 질렀다.

"애비야! 학두 애비야! 빨리 나와 보거라!"

기와집 뒤편에서 와이셔츠에 기지 바지를 입은 덩치 큰 남자가 헐레벌떡 뛰어 왔다.

"무, 무슨 일이십니까? 헉! 여보! 학두 엄마!"

남자가 멍석 위에 쓰러진 어머니를 업고 방으로 들어갔다. 구경꾼들의 웅성거림이 더 커졌지만, 무당도 없어지고 어머니마저 방으로 들어가자 곧 쑥덕대며 하나둘씩 자리를 떴다.

멍석 위에 털썩 주저앉아 학질 걸린 사람처럼 벌벌 떨고 있는 학두를 안아 들고 있는 할머니가 눈물을 보이며 곡을 했다.

"아이고, 아이고. 우리 불쌍한 아기! 이게 무슨 변고란 말이냐, 학두야! 학두야! 할미 얼굴 좀 보거라!"

할머니 품에 안긴 학두는 할머니는 안중에도 없는지 계속 건 쪽을 보려고 애쓰고 있었다. 건은 사람들이 흩어질 때 함께 떠나려 했지만, 자꾸만 자신을 쳐다보는 아이 때문에 발걸음이 떨어지지 않았다.

넓은 마당에 차려진 제사상 아래 학두를 안은 할머니와 대청마루에 털썩 주저앉아 허탈한 표정을 한 할아버지만이 남았다.

정문 앞에서 우두커니 그들을 바라보던 건과 학두의 시선이 다시 한번 마주쳤다.

학두는 건과 눈이 마주치자 찔끔하며 눈치를 보았다. 눈알을 뒤룩뒤룩 굴리며 뭔가 생각하던 학두가 몸에 힘을 주어 할머니 품에서 빠져나왔다. 할머니는 갑자기 힘없던 손자가 억지로 자신을 밀어내며 빠져나가자 놀란 눈으로 보았다.

학두는 할머니 품에서 기어 나와 자리에서 벌떡 일어나더니 쪼르르 정문 쪽으로 달려갔다. 놀란 할아버지와 할머니의 눈에 90도로 몸을 꺾어 인사를 하는 학두가 들어왔다.

"죄, 죄송합니다! 제, 제가 그만 장난이 시…… 심하여 가, 감히 무례를 버, 버, 범했습니다."

건이 황당한 눈으로 아이를 보았다. 좀 전까지 다 죽어가던 아이가 쌩쌩하게 걸어와 갑자기 어른 같은 말투로 고개를 숙이며 사과를 하자 상황을 이해할 수 없었던 건이 말했다.

"응? 꼬마야, 뭐라고 하는 거니?"

고개를 숙인 학두가 건에게 표정을 들키지 않으려는 듯 더욱 고개를 숙였다.

'꼬, 꼬마라니! 그래도 내가 만 살이 넘었는데, 얼마나 강한 분이시길래 나에게 꼬마라고 하실까? 오늘 잘못 걸렸구나, 괜히 장난치다가 목이 날아가게 생겼어!'

학두가 살짝 고개를 들어 건의 신발과 하체를 보았다. 다른 이의 눈에는 보이지 않았지만, 악마의 눈에는 건의 몸에서 뿜

어져 나오는 가마긴의 힘이 보였다.

학두가 식은땀을 흘렸다.

"크, 큰일이다. 적어도 72 악마 안에 들어가는 분이야! 나 따위는 감히 쳐다볼 수도 없는 분이었어! 오늘 악마 인생 만 년 만에 최대의 위기다!"

학두가 몸을 구부린 채 몸을 바들바들 떨자 할머니가 뛰어나와 학두를 감싸 안고는 건을 바라보았다. 건이 멀뚱히 서서 할머니를 바라보자 할머니가 건을 위아래로 보며 물었다.

"누구세요? 이곳 분은 아닌 것 같은데."

건이 뒤통수를 만지며 계면쩍은 듯 말했다.

"아, 네. 그냥 지나가다가 굿하는 소리가 들려서 구경 왔어요. 방해가 되었다면 죄송합니다, 할머니."

학두가 고개를 숙인 채 건이 한 말에 귀를 기울였다.

'바, 방해가 되었다? 나한테 들으라고 하는 말이다! 아니면, 내가 지나가다 장난치려고 들린 놈이면 그냥 지나가면 살려 주겠다는 뜻인가!'

할머니가 학두의 떨리는 몸을 주무르며 말했다.

"학두야! 학두야! 왜 그러니? 어디가 아프니?"

할아버지가 대청마루에서 내려와 힘겨운 발걸음으로 정문으로 나오며 말했다.

"커흠, 학두야, 괜찮으냐?"

할아버지가 허리를 숙인 학두의 등을 쓰다듬으며 건을 보았다.

"지나가는 길이시라고? 보통 때면 하루 자고 가라고 하겠지만, 보다시피 집안에 우환이 좀 있어, 축객을 해 미안하네, 청년."

건이 아니라는 듯 손사래를 쳤다.

"아니에요, 할아버지. 집안에 우환이 있으시면 만사가 괴로운 법이죠. 부디 손자가 빨리 정신을 차렸으면 좋겠습니다."

학두가 몸을 부르르 떨며 생각했다.

'나 때문에 만사가 괴롭다고 하시는 거다! 손자가 빨리 정신 차리지 못하면 날 죽이겠다는 뜻이야!'

건이 자신을 보는 할아버지에게 예의 바르게 인사하며 말했다.

"그럼 저는 그만 가보겠습니다, 어르신."

"그래, 미안하외다. 다음에 들르면 따뜻한 밥 한 끼 내어드리지. 커험."

건이 미소를 지으며 할아버지를 보다 걱정스러운 얼굴의 할머니를 보았다. 곱게 쪽 찐 머리를 하고 한복을 입으신 할머니를 보니 자기도 모르게 돌아가신 할머니가 생각난 건이 잠시 머뭇거렸다.

허리를 숙인 채 건의 발만 보고 있던 학두가 건이 사라지지 않자 다시 몸을 떨기 시작했다.

'맞았어! 내 생각이 맞았어! 간다고 하고 안가잖아! 결국, 날 죽이려는 거야!'

학두가 그 자리에 털썩 무릎을 꿇더니 무릎으로 기어가 건의 다리를 붙잡고 울며 사정하기 시작했다.

"당장! 당장 떠나겠습니다! 미천한 것의 목숨 따위 가져가서 봐야 털끝만 한 마력도 못 얻으십니다요! 한 번만 선처해 주십시오, 어르신! 이렇게, 이렇게 빕니다. 집에 오우거 같은 처와 고블린 같은 자식들이 삼십 명이나 있습니다요! 떠나라면 바로 떠나겠습니다, 한 번만 봐 주십시오! 제발!"

건이 자신의 다리를 잡고 울며불며 애원하는 학두를 당황스러운 눈빛으로 내려다보았다.

"뭐? 아니, 애야. 너 뭐라고 하는 거야 지금?"

학두는 다리를 붙잡은 채 눈물 콧물을 흘리면서도 머리를 굴렸다.

'모르는 척하시다니! 아니야, 아니다! 인간들에게 자신의 존재를 알리고 싶지 않으니 조용히 떠나라는 건가? 아닌가? 크아아 모르겠다. 오늘 말 한마디, 행동 한 하나만 잘못했다가는 여기서 바로 소멸이다. 정신 차리자, 정신 차리자, 미소파에스!'

할머니가 그런 학두를 건의 다리에서 떼어내려 하자 학두가 더욱 건의 다리에 매달렸다.

"아니, 애야! 내 새끼! 도대체 왜 이러는 거니?"

"놔! 놓으라고 이 할망구야! 당신 때문에 나 용서 못 받으면 이대로 골로 가, 놔!"

할머니가 자신에게 막말하는 손자를 보며 눈물을 터뜨렸다.

"학두야, 학두야! 눈에 넣어도 안 아플 내 손자야. 어쩌다 이리되었니, 흑흑."

학두와 건을 유심히 보고 있던 할아버지가 심각한 표정을 지었다. 건이 자신의 다리를 붙잡고 떨어지지 않는 학두 때문에 당황한 표정을 짓자 손짓으로 건의 시선을 끈 할아버지가 낮게 말했다.

"자네, 내 말대로 한 번만 해주겠나?"

"예? 아, 예. 어르신. 말씀하세요."

할아버지가 건의 바지에 콧물을 잔뜩 묻히고 있는 학두를 내려다보며 말했다.

"그만 떠나가라고 한마디만 해봐 주게."

건이 의아한 눈으로 물었다.

"예? 누구에게 말하라는 말씀이신가요?"

할아버지가 눈짓으로 학두를 가리키며 말했다.

"우리 학두에게 말일세. 그만 떠나가라고 한마디만 해봐 주게나."

건이 황당한 표정을 지었지만 말 한마디 하는 것이 그리 어려운 일도 아니었고, 어르신이 시키는 일이라 일단 해보자는 심정으로 학두를 내려다보며 말했다.

"그만 떠나가라."

학두가 고개를 획 치켜들며 건을 바라보더니 눈물을 글썽이며 말했다.

"소인이 지금 가면, 살려 주시는 겁니까, 어르신? 나중에 따라오셔서 우리 일가족들 해코지하시는 것이 아니라고 약속해 주십시오! 우리 일가족까지 건드리시려면 차라리 저만 죽이십시오. 어르신! 크허허헉."

도무지 알 수 없는 말만 하는 학두를 어리둥절한 표정으로 보던 건이 고개를 들어 할아버지를 보았다.

할아버지가 건과 눈을 마주치자 천천히 고개를 끄덕였다. 잠시 뚫어지게 할아버지를 보던 건이 한숨을 내쉬고는 학두를 내려다보며 말했다.

"아무런 해도 끼치지 않을게. 그냥 떠나. 약속할게."

건의 다리를 붙잡고 있던 학두의 얼굴이 확 밝아졌다. 학두가 황급히 자신의 티셔츠를 당겨 눈물범벅이 된 얼굴을 닦아 내고는 자리에서 일어나 두어 걸음 물러선 뒤 건에게 큰절을 올렸다.

"감사합니다, 어르신. 소인이 이 은혜는 잊지 않겠습니다."

학두는 깊게 큰절을 올리고는 바닥에 엎드린 채 그대로 옆으로 쓰러져 버렸다. 할머니가 비명을 지르며 기절한 학두를 흔들었다.

"아악! 학두야! 학두야! 정신 차려보거라!"

할머니 품에 안긴 학두가 게슴츠레하게 눈을 떠 자신을 흔들어 깨우는 할머니를 보았다.

"으음…… 할머니? 나 목말라요."

할머니가 울음을 터트렸다.

"학두야! 내 새끼! 정신 차렸구나! 여보, 여보! 학두 애비 좀 나오라고 해줘요!"

할아버지가 크게 기뻐하는 표정으로 뒤를 보며 소리쳤다.

"애비야! 애비야! 학두 정신 돌아왔다! 나와 보거라!"

잠시 후 미친 사람처럼 뛰어나온 덩치 큰 남자는 자신을 알아보며 옹알대는 학두를 품에 꼭 안고 눈물을 터트리며 한 손에 할머니 손을 꼭 잡은 채 방으로 들어갔다.

정문 앞에 할아버지와 둘만 남은 건이 어찌할 바를 몰라 어색해하자, 방으로 들어가는 손자의 뒷모습을 끝까지 보던 할아버지가 함박웃음을 지으며 말했다.

"이제 우환이 사라졌구먼, 허허. 자고 가시게, 밥은 먹었는가?"

할아버지가 건의 손을 잡고 사랑방으로 들어왔다. 남의 집에서 잔다는 것이 불편했지만, 너무 어둡고 시골길이라 밤에 바이크를 타는 것은 위험하다고 생각한 건이 할아버지의 손을 잡고 못 이기는 척 방으로 온 것이다.

"자, 여기서 잠시만 쉬고 있게. 내 부엌에 일러 식사를 내오라 하고 다시 오겠네."

할아버지가 방을 나서자 우두커니 방 한가운데 서서 방을 구경하는 건이었다.

"요새도 이런 집이 있네, 조선 시대도 아니고 기와집이라니. 그래도 TV도 있고, 있을 건 다 있구나. 그런데 침대가 없네……. 바닥에서 자면 허리 아픈데……."

건이 방바닥에 앉아 등을 벽에 기대고는 아까 본 꼬마 아이를 떠올렸다.

"아이 이름이 학두라고 했지? 아까 도대체 나한테 무슨 이야기를 한 거지? 왜 나한테 살려달라고 했을까? 설마 나한테 막 내가 모르는 힘이라도 있는 걸까? 하핫, 내가 무슨 생각을 하는 거지."

자신이 생각해도 어이없는 생각이라고 단정 지은 건이 기타를 꺼내 작게 연주를 시작했다.

늦은 밤이고 집에 아픈 사람이 있기에 크게 연주하지는 못하고 아주 작은 소리로 기타를 튕기며 앉아 있던 건에게 방문 밖으로 인기척이 느껴졌다.

"어흠, 나 들어가네."

건이 얼른 기타를 옆에 세워두고 자리에서 일어났다.

"아, 예 어르신."

건이 답하자 문이 열리며 할아버지가 들어와 방을 훑어보고는 말했다.

"집사람이 곧 식사를 내어 올 게야. 그런데 뭐 불편한 것은 없고? 젊은 사람이라 이런 방이 불편할 수도 있겠구먼."

건이 손사래를 치며 말했다.

"아니에요, 어르신. 이쪽으로 앉으세요."

건이 아랫목을 내어주자 할아버지가 웃으며 자리에 앉았다.

"젊은이답지 않게 예의가 바르네. 뉘 집 자식인지 몰라도 말이야. 그런데 실내에서 모자랑 선글라스는 왜 쓰고 있나? 복면 같은 것까지 뒤집어쓰고 말이야. 안 답답한가?"

"아, 깜빡했네요."

건이 마스크와 선글라스, 모자를 벗자 할아버지가 놀란 표정으로 말했다.

"어이구, 엄청나게 잘생겼구먼? 우리 학두도 자네처럼 컸으면 싶을 정도야. 그래 뭐 하는 사람인가?"

건이 할아버지 앞에 무릎을 꿇고 앉아 말했다.

"네, 저는 아직 학생이에요. 조부님, 조모님 산소에 들리러 부산으로 내려가는 중에 우연히 들렸습니다, 어르신."

"아, 그래? 착한 학생이구먼. 다리 편하게 앉으시게. 과공는 비례라 했으니."

"아, 네 알겠습니다, 어르신."

건이 양반다리로 고쳐 앉는 것을 본 할아버지가 말했다.

"이름이 무엇인고?"

"네, 김 건입니다, 어르신."

"어디 김씨 인고?"

"예, 선산 김씨(善山 金氏)입니다, 어르신."

"선산 김씨? 신라계구먼? 파는?"

"예, 정조공파(正朝公派)입니다, 어르신."

"허허, 아직 어린 것 같은데 가정 교육을 잘 받았어. 그래, 나는 최민준이라고 하네. 영천 최씨 종택의 가주이기도 하고 말이야."

"예, 어르신. 만나 뵙게 되어 영광입니다."

"허허, 은인은 자네인데 내가 더 영광이지. 우리 칠 대손을 살려주지 않았는가? 내 손자인 학두는 영천 최씨의 종손이기도 하네. 그만큼 자네는 우리 집안에 큰 은혜를 베풀어 준 것이지. 감사 인사도 제대로 못 했네그려. 정식으로 다시 감사를 표하겠네."

민준이 앉은 채 건을 향해 깊게 허리를 숙이자 당황한 건이 손사래를 쳤다.

"아니! 어르신, 왜 이러세요, 전 한 일이 없어요. 그저 말 몇 마디 한 것이 다예요, 이러지 마세요."

민준이 허리를 펴며 인자하게 웃었다.

"그 말 몇 마디가 내 손자를 살렸지. 용한 무당이라고 남해까지 가서 모셔온 무당도 삼 일간 2천만 원이나 써대며 제사를 올리고, 굿을 해도 못 살린 내 손자를 말이야."

건이 이런 상황에 무슨 말을 해야 민준의 오해를 풀 수 있을지 몰라 머뭇거리자 민준이 벽에 걸쳐 있는 건의 기타를 보고 물었다.

"기타구먼, 음악을 좋아하는 학생인가?"

"예, 어르신. 대학에서 음악을 전공하고 있습니다."

"호오? 그래? 어느 대학인고? 서울 말투를 쓰는 것을 보니 서울에 있는 학교를 다니나 보구먼, 좋은 대학인가?"

"하하, 사실…… 학교는 미국에서 다니고 있습니다. 군대를 다녀와서 휴학 중이고, 며칠 뒤에 다시 미국으로 떠나요."

민준이 크게 놀란 표정을 지으며 말했다.

"뭣이? 미국이라고? 허허, 대단하구먼. 우리 학두도 나중에 큰물에서 노는 사람이 되어야 할 텐데. 우리 학두에게 자네 같은 형이 있으면 딱 좋겠구먼. 그래, 미국에서는 어느 학교에 다니는고?"

"예, 어르신. 줄리어드라는 학교를 다니고 있습니다."

"주…… 줄리? 그거 여자 이름 아닌가? 이상한 이름이군그려. 허허."

"아하하……. 예, 좀 그렇죠? 하하……."

민준과 건이 두런두런 이야기를 나누는 사이 방문 밖에서 부산한 소리가 들렸다. 민준이 고개를 돌려 닫힌 방문 쪽을 보자 밖에서 고운 여자의 목소리가 났다.

"아버님. 상이 준비되었습니다."

민준이 늙은 몸을 힘겹게 일으켜 일어나 방문을 열며 말했다.

"아니, 학두 어미야. 몸도 안 좋은데 왜 네가 가지고 오냐? 찬모 아줌마 시키지 그랬어?"

아까 기절해 업혀 간 삼십 대 후반의 여인이 파리한 안색으로 웃었다.

"아니에요, 아버님. 우리 학두 목숨을 살려주신 은인이신데, 어미인 제가 직접 해야지요. 괜찮습니다."

"그래, 어서 들어 오거라. 여보, 당신도 얼른 와서 인사하고."

건이 어색한 포즈로 자리에서 일어서자 두 명의 여인이 큰 상이 부러지도록 차린 상을 양쪽으로 들고 들어오는 것이 보였다.

엄청난 양의 잔칫상을 본 건이 입을 떡 벌리자, 할머니가 손을 입으로 가리며 곱게 웃음을 지었다.

"너무 과하다 생각하지 마시고, 은인에게 따뜻한 밥 한술 드리려는 마음이라 생각해 주세요. 자, 앉으세요."

건이 어정쩡하게 상 앞에 앉자 주위에 자리를 잡은 세 명이

모두 건을 보았다. 건은 세 사람이 모두 자기를 뚫어지게 보고
있자 식사에 손을 대지 못하고 그저 어색하게 웃고만 있었다.

그것을 본 할머니가 말했다.

"어머, 우리 때문에 부담스럽군요? 자, 이것 좀 먹어 봐요."

할머니가 직접 젓가락을 집어 전 하나를 건의 입에 넣어주
자, 식은땀을 흘리며 받아먹은 건이 억지로 맛있다는 표정을
지었다.

'바, 밥이 입으로 들어가는지 코로 들어가는지 모르겠
다…….'

할머니는 이것저것 반찬을 집어 건의 밥 위에 올려주며 말
했다.

"그래, 우리 학두의 은인은 어떤 분이실까요?"

건이 밥을 입에 넣고 있다가 답을 하기 위해 재빨리 씹기 시
작하자, 옆에 앉아 있던 할아버지가 말했다.

"어허, 손님 식사하시는 데 불편하게 왜 그러시오, 이름은
김 건이고, 선산 김씨라는구먼, 미국에서 음악하는 대학에 다
니고 있고, 학교 이름이…… 주…… 줄리? 뭐라 하던데."

얌전히 앉아 듣고만 있던 학두 엄마가 눈을 크게 뜨며 말
했다.

"줄리어드요? 줄리어드에 다니는 학생이라고요?"

할머니가 며느리를 보며 물었다.

"그게 유명한 학교니?"

"어머, 어머님. 음악 천재들이나 가는 학교예요. 음악 대학 중에는 세계에서 가장 유명한 곳 중 하나이고요. 줄리어드라니…… 어머?"

어머니가 그제야 건의 얼굴을 자세히 보고는 놀라며 말했다.

"케이? 서, 설마 케이예요?"

건이 숟가락을 놓으며 어색하게 웃었다.

"아…… 네, 어머니. 맞아요."

어머니가 손으로 입을 가리며 놀랐다.

"세, 세상에! 케이가 우리 집에 오다니!"

며느리가 놀라는 모습을 보던 민준이 건과 며느리를 번갈아 보며 물었다.

"알아듣게 좀 말해보거라, 어미야. 아는 분이냐?"

어머니가 호들갑을 떨며 말했다.

"아버님! 얼마 전 네팔 지진 났을 때 광고 방송 보고 아버님도 돈 보내게 해달라고 하셨잖아요, 기억나시죠?"

"그럼, 기억나지. 그때 보내는 방법을 몰라서 한참 헤맸으니까."

"그때 모금 방송에 나온 청년 기억하시죠?"

"응, 기억나는구나. 그 청년 덕에 이 늙은이도 눈물이 났었으니까. 그런데 왜?"

어머니가 건을 가리키며 말했다.

"이분이 그때 그 청년이에요, 아버님."

"뭐?"

민준과 할머니가 일제히 놀라는 표정으로 건을 돌아보았다. 세 명의 시선이 집중되자 어색한 웃음을 흘린 건이 손가락을 꼼지락거렸다. 할머니 역시 방송을 보았는지 입을 떡 벌리고 건에게서 눈을 떼지 못했다.

먼저 정신을 차린 민준이 입을 열었다.

"어허허, 하도 먼지를 뒤집어쓰고 있는 것만 봐서 몰라봤구먼. 이렇게 훤칠하고 잘 생긴 청년이었어? 미남에 인성에, 학력에. 어디 빠지는 것이 하나도 없구먼, 손녀가 없는 게 이리 한스러울 수가……. 허허."

할아버지의 말에 퍼뜩 정신을 차린 할머니가 건의 손을 꼭잡고 눈물을 글썽였다.

"방송 봤어요. 아이고 귀인을 몰라봤네. 고생 많았어요, 정말 고생 많았어요."

"하하……. 아니에요, 할머니."

"내일 우리 학두랑 사진 한 장만 찍어주고 가요. 학두가 나중에 보면서 추억하게. 부탁 좀 해요."

"그럼요, 할머님. 꼭 그럴게요."

"그래요, 아이고 우리가 손님을 너무 불편하게 했네. 나갑시다, 손님 편안하게 식사하시게."

할머니가 먼저 일어나자 건이 엄청나게 쌓여 있는 음식들을 보며 식은땀을 흘렸다.

'이미 많이 먹었어요, 할머니…… 이걸 다 어떻게……하하…….'

어머니가 곱게 허리를 숙여 인사를 하자 민준 역시 일어나며 말했다.

"밖에 찬모가 기다리고 있으니 식사가 끝나면 내 가라 이르게. 편히 자고 혹시 뭐 불편한 것 있으면 바로 이야기하게. 우리 집 은인인데 뭐든 못 들어주겠나? 그럼 쉬시게, 커흠."

건이 자리에서 일어나 예의 바르게 인사를 올렸다.

"예, 어르신. 안녕히 주무세요."

민준은 인자한 웃음을 지으며 밖으로 나갔다. 밖에서 민준이 나오길 기다리던 할머니가 급히 말했다.

"엄청 유명한 사람이 집에 왔네요. 가문의 영광인가요?"

"허허, 그러게 말이오. 내일 학두가 일어나 완전히 나은 것만 확인하고 보내드립시다."

할머니의 얼굴에 갑자기 걱정이 번졌다.

"아까 잠이 들기 전까지는 제정신이었는데, 또 그런 일이 생길까요?"

할아버지가 앞서가며 말했다.

"내 그래서 은인을 집으로 모신 것 아니오, 혹시 내일 학두가 또 정신이 나가면 은인께 데려가야지. 자 그만 잡시다. 늦었소."

잠시 후 살짝 문을 연 건이 문 앞에서 기다리고 있는 찬모에게 미안한 어투로 식사를 마쳤음을 알리자, 찬모가 상을 들어내어갔다. 상을 문밖으로 뺀 찬모가 장롱에서 금침을 꺼내 정성스레 바닥에 깔아주고 나가자 멍하니 보고 있던 건이 뒤통수를 긁었다.

"이거 너무 과한 대접을 받고 있네……."

깊은 밤.

영천 최씨 종택의 자랑인 500년 된 느티나무 위 가지 사이에 몸을 숨긴 누군가가 고개를 내밀고 사랑방을 바라보고 있었다. 작은 원숭이 같은 크기의 생명체가 큰 눈을 뒤룩거리며 생각했다.

'혹시 날 따라와서 우리 가족까지 죽이려는 게 아니란 것까지는 확인하고 가야 해! 아 무서워서 다리가 덜덜 떨리네, 조금만 참자, 미소파에스.'

느티나무 위에 몸을 숨긴 작은 악마는 밤이 깊어 사랑방에 불이 꺼지고도 눈알을 굴리며 사방을 감시하고 있었다.

새벽이 밝아왔다. 나뭇가지 위에 누워 꾸벅꾸벅 졸고 있던 미소파에스가 집 쪽에서 인기척이 느껴지자 화들짝 놀라며 눈을 크게 떴다.

그의 눈에 한 손에 기타를 들고 발소리가 나지 않게 대청마루를 나서서 신발을 신고 있는 건의 모습이 들어왔다. 식은땀 한줄기를 흘린 미소파에스가 긴장한 눈으로 건의 모습에서 눈을 떼지 않았다.

'이, 이쪽으로 온다! 내가 여기 있다는 걸 아는 게 분명해!'

남의 집에서 처음 자보는 건은 잠을 설쳤다. 결국, 새벽 일찍 눈이 떠진 건은 방에서 뒹굴거리다 무료함을 참지 못하고 산책을 나왔다.

신발을 신고 주위를 두리번거리던 건의 눈에 거대한 크기의 느티나무가 들어왔다.

'와, 무지 큰 나무네. 자메이카에서 봤던 나무보다 큰 것 같다.'

바람에 살짝 흔들리고 있는 나뭇가지를 올려다보던 건이 미소를 지었다.

'아주 오래 살아온 나무 님이구나.'

나뭇가지 사이에 몸을 숨긴 미소파에스의 손이 부들부들 떨렸다.

'나, 날 보고 웃었다! 날 죽일 수 있게 기다려 줘서 고맙다는 것일까!'

건이 나무 아래로 걸어와 나무 아래의 바위에 앉아 기타를 허벅지 위에 올렸다. 잠시 눈을 감고 새벽녘의 바람을 느끼던 건이 작게 기타를 튕겼다.

머릿속에 떠오르는 악상을 정리하던 건이 네팔에서 만났던 시바와의 대화를 떠올리고는 조그맣게 속삭였다.

"귀로 듣지 말라. 마음으로 들어라."

코드를 잡은 건이 작게 기타를 위에서 아래로 내려그었다.

"그저 물처럼 살라. 물의 모양을 본받아라. 장애물이 없으면 물은 흐른다. 둑이 가로막으면 물은 멎는다. 물이 모여 둑이 터지면 또다시 흐른다. 네모진 그릇에 담으면 네모가 되고, 둥근 그릇에 담으면 둥글게 된다. 그토록 겸양하기 때문에 물은 무엇보다 필요하고 또 무엇보다도 강하다."

시바의 말을 읊조리던 건의 손에서 아름다운 기타 선율이 연주되었다. 매우 작게 연주되는 기타 소리는 초겨울 새벽의 바람 소리와 어우러져 무척이나 듣기 좋았다.

미소파에스가 자신의 귀를 파고들며 마음을 편하게 만들어 주는 음악을 들으며 몽롱한 표정을 짓다가 화들짝 놀라며 눈을 크게 떴다.

'대, 대단해! 나도 모르게 긴장이 풀릴 뻔했다! 한낱 악기로 만 년이 넘게 산 날 무방비 상태로 만들다니.'

느티나무 위에서 미소파에스가 무슨 생각을 하든 기타를

연주하던 건은 눈을 감은 채 입을 열었다.

I close my eyes and see everything.
(눈을 감아도 보여요.)
I know I'm still there when I open my eyes.
(눈을 떠도 그 자리에 있는 것을 알아요.)

미소파에스가 건의 노래 가사를 듣고는 너무 놀라 그만 나무에서 떨어질 뻔했다.
'허어어억! 역시 이미 내 존재를 다 알고 있는 거였어!'
눈을 감은 건의 입에서 다시 한번 아름다운 목소리가 흘러나왔다.

Whatever you do, you will not always be there.
(어디에서 무엇을 하든 언제나 그 자리에 없을 당신에게.)
I just want to naturally disappear the dam between you and me.
(나는 그저 순응하며 당신과 나 사이의 둑이 사라지길 바라요.)

건의 노래를 듣고 있던 미소파에스가 몸을 움츠리며 쪼그리고 앉았다.

'어디서 들어본 목소리지? 어디야? 어디였지?'

미소파에스는 무엇이 궁금했는지 아래에서 들리는 건의 목소리에 신경을 집중했다.

Then I'll just come close to you like water and wrap it around you.

(그러면 나는 물처럼 그저 당신에게 다가가 주위를 감싸줄 텐데요.)

건의 마지막 가사를 듣고 미소파에스가 나무 위에서 벌떡 일어나 몸을 사시나무 떨듯 떨었다.

'파, 파이몬! 서쪽 지옥의 통치자, 파이몬 님의 음성이다! 서, 서, 설마! 미개한 인간 세상에 백작급 악마인 파이몬 님이 오신 건가! 아, 안 돼! 진짜 파이몬 님이라면 손짓이 아니라 눈만 깜빡해도 나 같은 건 즉시 소멸이다! 도망가야 해!'

미소파에스가 너무 겁이 나는 나머지 나뭇가지를 차며 공중으로 사라졌다.

아래서 연주를 하던 건은 갑자기 나무가 크게 흔들리자 눈을 동그랗게 뜨고 나무 위를 보았다. 두리번거려도 아무것도 보이지 않는 나무를 보던 건이 고개를 갸웃했다.

"뭐였지? 새인가?"

한두 곡을 더 부르고 나니 어느새 아침이 되었다. 최 씨 가족들은 일어나자마자 학두가 전과 같이 기운을 차리고 장난을 치며 뛰어다니는 것을 보고 안도의 한숨을 쉬었다.

아침부터 부산하게 움직여 상다리가 휘어질 지경의 아침상을 건에게 대접하는 가족들은 극진했다. 건은 태어나서 가장 많은 양의 아침 식사를 하고 나서야 종갓집을 나설 수 있었다. 건이 바이크 위에 올라타 시야에서 사라질 때까지 손을 흔들어주는 최 씨 일가는 건에게 나중에 꼭 다시 한번 들러달라는 부탁을 반복했다.

아침부터 너무 많이 먹었는지 속이 더부룩한 건은 점심도 거르고 부산까지 직행했다. 점심이 조금 지난 시간이 되자 건의 바이크는 부산 기장면에 도착할 수 있었다.

신호에 걸린 틈에 잠시 핸드폰을 꺼내 메모해둔 주소를 본 건이 이정표를 보았다.

'기장면, 부산 추모공원. 저기네.'

이정표를 본 건이 좌회전 신호를 받아 핸들을 꺾었다. 부산 추모공원은 고즈넉한 산 위에 지어져 있었는데, 묘 중 조금 비싼 관리비를 내는 묘에 서서 산 아래를 바라보면 부산 시내가 한눈에 내려다보이는 명당이었다.

바이크를 탄 채 고개를 좌우로 돌리며 5번 구역을 찾던 건이 산의 삼분지 이가량을 올라간 후 바이크를 세웠다.

헬멧을 벗어두고 바이크에서 내린 건이 천천히 묘들이 있는 잔디밭으로 들어갔다. 바닥에 누여진 비석이 있는 곳이었기에 혹시나 다른 분들의 영면을 방해할까 싶어 조심조심 발걸음을 옮긴 건이 '5-438'이라고 쓰인 비석 앞에 섰다.

'할머니, 건이 왔어요.'

비석에는 얼굴도 본 적 없는 할아버지와 할머니의 사진이 새겨져 있었다. 무릎을 꿇고 할머니 사진을 만지던 건이 비석 옆에 앉았다.

기독교인 어머니의 영향으로 절을 하기보다는 할머니에게 두런두런 말을 거는 건이었다.

"할머니, 저 제대했어요. 좀 있으면 다시 미국으로 돌아가야 해서 할머니 보러 왔어요."

군에 있을 때 할머니의 부고 소식에 너무 울어 이제는 눈물이 나오지 않는지 그저 담담하게 말을 이어나가는 건이었다.

건은 추모관의 직원이 와 퇴실해 달라는 요청을 할 때까지 할머니와의 대화를 멈추지 않았다.

저녁이 되어 영도 신선동에 있는 할머니의 아파트에 온 건이 문을 열고 집 안을 둘러 보았다.

    부산에 사시는 쌍둥이 고모들이 관리를 잘한 모양인지 집은 사람이 살지 않는 집치고는 무척 깨끗했고, 할머니 생전의 집 모습이 그대로 보존되어 있었다. 현관 앞에서 신발도 벗지 않고 숨을 들이마시는 건에게 그리운 할머니 냄새가 느껴지는 듯했다.

    건이 짐을 풀고 종일 바이크를 타느라 먼지를 뒤집어쓴 몸을 씻은 후 편한 옷으로 갈아입고 영하에게 전화를 걸었다.

    "엄마? 저요, 할머니 댁에 도착했어요."

    "어, 그래 건아. 별일 없이 잘 갔지? 어제 연락이 없어서 걱정했어. 피곤할 텐데 어서 자 거라. 아, 그리고 올라올 때 할머니 방에 경대 두 번째 서랍을 열어보면 할머니 영정사진이 있을 거야. 그거 좀 가져오너라. 집에 모셔두게."

    "네, 그럴게요."

    전화를 끊은 건이 할머니 방으로 가 서랍을 뒤져 사진을 꺼냈다. 잠시 사진을 보던 건이 서랍을 안으로 밀어 넣으려는데 뭐가 걸렸는지 서랍이 반쯤 닫힌 후 더 들어가지 않았다.

    '뭐지? 서랍 열 때 위에 있던 게 뒤로 넘어가서 떨어졌나?'

    한참 덜컹거리며 서랍을 밀어 넣으려 애쓰던 건은 결국 두 번째 서랍을 뽑아내 안쪽을 보았다. 서랍 안쪽에 하얗고 뚱뚱한 봉투 하나가 떨어져 있었다.

    무엇이 그리 많이 들었는지 봉투는 무척 뚱뚱했다. 건이 손을 안으로 넣어 봉투를 꺼내자, 안에 하얀 편지지들이 가득 들어 있었다.

건이 그중 한 장의 편지를 꺼내 읽어보고는 눈물을 글썽거렸다.

'할머니의 편지구나. 할아버지에게 쓰신……'

건이 봉투를 가져가 거실의 소파에 앉아 하나씩 꺼내 읽어보았다. 젊은 나이에 할아버지를 여의고 혼자 자식들을 키워온 강인한 할머니는 사실 그저 한 사람의 여자일 뿐이었다.

평생 사랑했던 할아버지를 그리며 살아온 할머니는 생각날 때마다 쓴 보내지 못할 편지를 모아 봉투에 넣어두고 계셨던 것 같았다. 백 장이 넘는 편지를 읽어보던 건이 하나의 편지를 읽으며 눈물을 흘렸다.

'이건 돌아가시기 얼마 전에 쓰신 건가 보다……'

건이 편지지를 펴 소파 위에 두고는 눈물을 닦으며 편지를 내려다보았다. 하얀 편지지 위에 건의 것이 아닌 누군가의 눈물인 듯한 얼룩이 묻어 있었다.

<하늘나라에 있는 당신에게.>

40년 전의 당신을 오늘 불러 봅니다.

당신을 잃던 날 가슴은 미어지고, 하늘이 무너지는 것 같았습니다.

아들 셋과 딸 둘을 남기고 그리 가시니.

나 혼자 어찌 아이들을 키울지 앞이 막막하더이다.

자갈치 시장에서 장사를 하며 아이들을 키웠습니다.

당신이 보고 싶어 눈물짓다가도 울며 보채는 아이들 앞에
강한 어머니였어야 했습니다.

나도 곧 당신 따라 하늘나라에 가면 나는 당신을 알아보
겠지만, 당신은 이미 늙은…… 이 몸을 못 알아볼 테니 그때
도 나는 당신을 못 찾을지도 모르겠습니다.

어쩌면 꽃다운 나이의 나를 기억하는 당신에게 늙어버린
나를.

보여드리기가 부끄럽기도 할 것 같습니다.

내 기억 속 젊은 당신은 항상 믿음직스러운 웃음으로 힘
든 일도 기꺼이 해내던 사람이었으니까요.

여보! 나 당신 아이들 모두 결혼시켰습니다.

고생했다고 한 번만 말해주세요.

당신 없는 모질고 힘든 세상에서 나 혼자. 수고했다고, 고
생했다고 한 번만 말해주세요.

건이 편지지를 살짝 붙잡고 눈물을 터트렸다. 모진 50년대
를 자식 다섯을 혼자 키우며 견딘 할머니의 고통과 할아버지
에 대한 그리움이 그대로 묻어 나오는 할머니의 편지는 어린

건에게 사랑과 그리움보다는 슬픔으로 다가왔다.

그 모진 세월을 견딘 할머니가 바라는 것은 할아버지가 돌아오는 것도, 시간을 되돌리는 것도 아니었다.

그저, 고생했다고, 수고했다고, 할아버지의 따뜻한 말 한마디뿐이었다.

건이 한참을 울다 봉투에 편지지를 곱게 접어 넣고는 가지고 온 가방에 소중히 넣었다. 혹시나 구겨질까 봐 푹신한 겨울옷 사이에 편지를 끼워 넣은 건이 벽에 걸린 할머니와 할아버지의 사진을 보았다.

오래된 시계의 조금 큰 초침 소리가 고요한 방 안을 메우고 그렇게 이십 대가 된 건은 할머니의 편지와 함께 세상을 보는 눈을 조금 더 성장시켰다.

　다음 날 서울로 올라온 건은 윤희, 지이와의 약속을 지켰다. 집에서 함께 영화도 보고 사진도 찍어준 건은 자신이 미국으로 떠난 후에 SNS에 올려 달라고 당부했다.

　여러 가지 준비를 하는 동안 시간은 유수처럼 흘러 어느새 출국하는 날. 태우의 차를 타고 공항에 도착한 시화와 영하는 떠나는 건을 웃으며 보내주고 뒤돌아 눈물을 훔쳤다.

　이번에 가면 졸업할 때까지는 돌아오지 않는다는 건의 말 때문이었다. 건은 몇 번이나 뒤돌아보고 싶었지만, 뒤를 보면 떠나지 못할 것 같았다. 또 엄마와 시화에게 눈물 흘리는 약한 모습을 보여주고 싶지 않아 매정하게 앞만 보며 걸었다.

　비행기 좌석에 앉아서야 볼을 타고 흐르는 눈물을 훔친 건은 음악을 들으며 마음을 안정시켰다.

　장시간의 비행이 끝나고 뉴욕의 공항에 도착한 건이 캐리어를 끌고 나와 택시를 탔다. 흑인 택시기사가 친절한 웃음을 지으며 말했다.

　"오우, 동양인이시네요. 여행 오셨나 봐요."

　선글라스와 마스크를 썼지만, 모자는 쓰지 않고 있는 건의 검은 머리를 본 기사가 말을 걸자, 건이 고개를 저으며 말했다.

　"아니에요, 뉴욕에서 공부하는 학생입니다. 집에 다녀오는 길이에요."

　"아! 그렇군요, 영어가 유창하신 걸 보니 공부하신 지 오래되었나 보군요. 그래, 어디로 갈까요?"

　건이 손목에 걸린 시계를 보니 오후 세시를 막 넘어가고 있는 시간이었다.

　"브롱스 동물원으로 가 주세요."

　"예, 손님. 출발합니다."

　택시를 타고 한참을 달려 브롱스 동물원에 도착한 건이 택시비를 지불하고 캐리어를 내린 후 시계를 보았다.

　'아직 문 닫으려면 한 시간가량 남았구나.'

　입구에서 캐리어를 맡긴 건이 맨몸으로 홀가분하게 서서 오랜만에 들려보는 브롱스 동물원의 공기를 들이마셨다.

　"후음, 하! 그리운 향기네. 하하! 오랜만에 와서 그런가? 동물들 배변 냄새가 코를 찌르는구나, 여기 살 때는 못 느꼈는데."

건이 얼마 남지 않은 시간을 확인하고는 동물원으로 오르는 언덕길을 뛰어 올라갔다. 정신없이 뛰어 호랑이 우리 앞에 선 건이 손을 크게 휘두르며 소리쳤다.

"파이!"

여러 마리의 호랑이가 있었지만, 서열 싸움 중 눈가에 길게 찢어진 상처를 가진 파이를 찾는 것은 어렵지 않았다.

파이는 누군가 소리를 지르며 손을 흔들자 관심이 가는지 고개를 돌려 건을 보았지만, 얼굴을 가리고 있는 건을 알아보지 못하는지 곧 고개를 돌리고 드러누웠다.

파이가 자신을 못 알아보자 약간 실망한 건이 주위를 두리번거렸다. 폐장 시간이 다가와 그런지 주위는 한산했고, 특히 호랑이 우리 앞에는 사람이 없는 것을 확인한 건이 눈치를 보며 모자를 벗었다.

다시 한번 주위를 경계한 건이 마스크와 선글라스를 벗은 후 다시 손을 휘두르며 소리 질렀다.

"파이! 나야!"

누군가 자꾸 소리를 지르자 귀찮다는 듯 꼬리를 휘둘러 대던 파이가 누운 채 고개만 돌려 건을 보았다.

건과 눈을 마주친 파이는 잠시 가만히 건을 바라보다 몸을 벌떡 일으켰다. 바위 밑으로 뛰어내려 달려온 파이가 우리 앞까지 다가와 관객석 사이에 있는 절벽 앞에 서서 건을 보았다.

그리운 사람을 보는 듯 가만히 멈춘 채 건을 보고 있는 파이는 이제 백수의 제왕다운 위엄이 흘러나왔다.

"파이! 나 왔어! 보고 싶었다!"

건이 손을 마구 휘두르자 파이가 혀로 코를 핥으며 우리 앞을 돌아다녔다. 이쪽으로 오고 싶어 하는 눈치였지만 앞을 가로막은 절벽 때문에 그저 주위를 돌아다니던 파이는 건에게서 시선을 떼지 않았다.

한참 웃으며 파이에게 손을 흔들던 건이 리키를 보러 가기 위해 몸을 돌렸다.

"나중에 또 보러 올게!"

파이가 건이 뒷모습을 보이자 귀를 쫑긋 세운 후 하울링을 질렀다.

"크허허허헝!"

큰 소리에 놀란 건이 뒤를 돌아본 후 자신을 보고 있는 파이에게 다시 한번 손을 흔들어주었다. 파이는 자신의 시야에서 건이 사라질 때까지 그저 그렇게 우두커니 건의 뒷모습을 보고 있었다. 건이 완전히 사라지고도 한참 동안 파이는 그 자리에 서서 건이 사라진 곳을 바라보고 있었다.

건이 동물원을 가로질러 리키에게로 뛰어갔다. 멀리 약간 좁은 곰 우리를 빙글빙글 돌고 있는 리키를 본 건이 양손을 휘두르며 외쳤다.

"리키야!"

리키가 토실토실한 엉덩이를 보이며 벽 쪽으로 몸을 돌리고 있다가 갑자기 들리는 고함 소리에 고개를 돌리고는 눈을 크게 뜨고 몸을 일으켜 세웠다.

두 발로 선 리키가 철창을 때리며 소리를 질렀다.

"크워워!"

누가 보면 거대한 곰이 위협을 하는 것이라 느끼고 겁을 먹을 만도 했지만, 어릴 때부터 리키와 함께한 건이 겁을 먹을 리가 없었다. 곰 우리는 철창이 촘촘한 대신 조금 가까웠기에 몸을 길게 빼 리키에게 조금이라도 더 가까이 손을 내민 건이 얼굴 가득 웃음을 지으며 외쳤다.

"리키야! 나 왔어! 이제 뉴욕에 있을 거야, 자주 올게! 건강하게 잘 지냈어? 아픈 곳은 없고?"

리키가 철창 사이로 코를 내밀고 건의 손을 핥으려고 혀를 내밀었지만 닿지 않았다. 손을 길게 빼고 꼼지락거리며 웃던 건이 킁킁거리며 건의 냄새를 맡으려 애쓰는 리키에게 말했다.

"오늘 너무 늦게 와서 빨리 가야 해. 시화도 보고 가야 하거든. 금방 또 올게. 조금만 기다려, 리키야!"

건이 손을 흔들며 뛰어가자 그 모습을 본 리키가 길게 울었다.

"쿠우우우우."

리키가 두 발로 선 채 건의 뒷모습을 하염없이 바라보았다. 건이 헐레벌떡 뛰어 시화의 우리 앞에 도착했을 때는 폐관 시간을 10여 분 앞둔 시각이었다.

시화는 건을 보자마자 끽끽거리며 제자리에서 펄쩍펄쩍 뛰었다.

"시화야! 오빠 왔다! 잘 있었니?"

"우끼끼끼끼!"

시화가 바닥을 때리며 반가움을 표하더니 갑자기 한 쪽으로 달려가 어려 보이는 고릴라 둘의 손을 잡고 건 쪽으로 왔다.

어린 고릴라의 손을 잡고 하늘로 번쩍 올린 시화가 끽끽댔다.

건이 어리둥절한 표정으로 어린 고릴라를 보다가 한껏 웃음을 지었다.

"시화 네 아이구나! 정말이야? 정말 시화가 엄마가 된 거야? 하하하하!"

시화와 닮은 고릴라들이라고 해 봤자, 거기서 거기인 보통의 고릴라였지만 시화의 아이들이라는 것만으로도 귀엽고 예쁘게 보이는 고릴라들을 본 건이 크게 손을 흔들었다.

"안녕? 안녕? 난 건이야. 앞으로 자주 보러 올게, 애들아."

잠시 시화를 보고 있던 건이 손목시계를 보고는 울상을 지었다.

"너무 늦게 왔네, 내일 올걸, 힝. 시화야, 나 다음에 또 올게. 건강하게 잘 지내고 있어! 아이들도 잘 키우고, 알았지?"

건이 손을 흔들며 몸을 돌리자 시화가 바닥을 때리며 소리를 질러댔다.

"우끼끼끼!"

한참 창살을 쥐고 흔들던 시화가 멀리 사라지는 건의 모습을 눈에 담아 두려는 듯 하염없이 건이 사라진 곳을 보고 있었다.

폐관 시간 직전에 출구에 나온 건이 짐을 찾은 후 엄마에게 전화하려고 핸드폰을 꺼내자 부재중 전화가 와 있는 것이 보였다.

"어? 샤론 교수님이다."

건이 샤론에게 전화를 걸자 신호가 두 번 울리기도 전에 샤론의 목소리가 들려왔다.

"여보세요? 케이?"

"하하, 교수님. 저 뉴욕에 왔어요."

"호호, 그래요. 오늘 온다고 해놓고 아직 연락이 없길래 전화해 봤어요, 어디에요?"

"여기 브롱스 동물원이에요. 아이들 보러 왔어요."

"흠, 그건 좀 서운한데요? 미국에 돌아와 나보다 동물들 보러 가다니."

"아하하, 그런 게 아니에요, 교수님."

"호호, 농담이에요. 숙소는 구했어요? 지난번 사건 후에 원래 살던 집은 처분하고 동물원에 살다가 한국으로 돌아갔었잖아요."

"아니요, 며칠은 호텔에서 묵고 소속 회사에서 숙소를 구해준다고 했어요."

"소속 회사? 아, 팡타지오 말이죠? 광고 모델 경매로 화제가 되었던."

"네, 교수님. 원래 제 매니저를 해줬던 형도 곧 미국으로 올 거라서 같이 살게 될 것 같아요."

"그렇군요, 혹시 저녁 약속이 있나요? 할 말도 좀 있는데."

"아니요. 없어요, 교수님. 밥 사주세요!"

"호호, 그래요 그럼 오랜만에 B.B King에 갈까요?"

"와앗, 좋아요. 몇 시에 볼까요?"

"지금 다섯 시니까, 여섯 시 반까지 봐요."

"네, 교수님! 이따 봐요!"

전화를 끊은 건이 웃음을 지었다.

'미리 가서 삼보 씨랑 직원들에게 인사하고 있어야지!'

택시를 타고 도착한 B.B. King Blues Club 앞에는 저녁 공연을 보러 온 많은 사람이 줄을 서서 기다리고 있었다. 건이 네팔에서 세계적인 화제가 된 후에 케이가 장기간 공연했던 클럽이라는 소문이 크게 퍼져 건이 공연을 했을 때보다 더 많은 손님이 연일 문전성시를 이루고 있었다.

건이 얼굴을 가리고 줄지어 선 사람들을 지나 입구로 들어가려 하자 보안 요원이 막아섰다.

"줄을 서야 합니다. 뒤를 보세요. 기다리는 사람들 안 보이십니까?"

위압적인 말투로 건을 세운 보안 요원을 본 건이 주위를 둘러보다 안면이 있는 보안 팀장에게 다가갔다.

팀장은 건이 다가오자 무슨 일이냐는 듯 보다가 살짝 선글라스를 내려 눈을 보여준 건을 보고는 눈을 크게 떴다. 손가락을 입에 댄 건을 본 팀장이 정신없이 고개를 끄덕이고는 클럽으로 내려가는 길을 열어주었다.

처음 건을 막아 세운 보안 요원이 지하로 뛰어 내려가는 건을 보고는 팀장에게 다가와 물었다.

"뭐예요, 팀장님? 아는 사람이에요?"

팀장이 조용히 손가락을 입에 대며 속삭였다.

"쉿, 케이다."

"헉, 예?"

"조용히 해. 이 자식아!"

팀장에게 몇 대 쥐어박힌 보안 요원이 자리로 돌아가며 꼭 사인을 받아두겠다고 다짐했다.

　지하로 내려간 건에게 릴리안이 다가와 서비스 미소를 날리며 물었다.

　"몇 분이세요?"

　건이 마스크를 내리고 선글라스를 벗으며 활짝 웃었다.

　"릴리안! 오랜만이에요!"

　릴리안이 눈을 크게 뜨고 호들갑을 떨었다.

　"세상에! 케이! 어머나! 돌아온 거예요? 보스! 보스! 나와 보세요!"

　릴리안이 뒤를 돌아보며 소리를 지르자 사무실에 있던 삼보가 문을 열고 고개를 내밀었다.

　"뭐야, 릴리안? 또 누가 행패라도 부려?"

　릴리안이 주위 손님들을 의식했는지 가만히 손을 들어 건을 가리켰다. 삼보는 릴리안의 손을 따라 시선을 옮기다 그 끝에 있는 건을 보고는 문을 벌컥 열고 뛰어나왔다.

　"아니! 하하하핫! 돌아 왔군요! 이리 들어와요, 릴리안! 커피 두 잔만 부탁해!"

　삼보가 급히 건의 어깨동무를 하고는 주위 손님들 눈치를 보며 사무실로 이끌었다.

　사무실 안으로 건을 밀어 넣은 삼보가 양팔을 크게 벌리며 건을 안아주었다.

"그래! 군대는 잘 다녀왔어요? 한국 군대는 위험하다는 소문을 들어서 걱정했는데, 이렇게 건강하게 왔네요!"

건이 삼보를 마주 안아주며 웃었다.

"네! 잘 다녀왔습니다, 삼보 씨."

삼보가 건의 팔을 잡고 눈을 맞추며 물었다.

"그래, 이제 여기 사는 건가요, 케이?"

건이 이를 드러내며 웃었다.

"네, 다시 여기서 살 거예요."

"와! 그런데 장사가 잘되네요? 저 있을 때보다 더 잘되는 것 같아서 왠지 서운한데요?"

"그런 소리 하지 말아요. 케이가 떠난 후 한동안은 장사가 잘되다가, 또 침체기가 있었습니다. 네팔에서의 활약을 계기로 다시 한번 주목을 받아 몇 개월 전부터 다시 장사가 잘되기 시작한 거죠. 우리도 케이의 공로를 잊지 않으려고 매달 네팔에 기부금을 보내고 있습니다."

"와아, 그래요? 잘하셨네요!"

사무실의 소파에 앉아 삼보와 이야기를 나누고 있는 중 릴리안이 커피를 들고 들어와 테이블에 놓으며, 건과 눈을 마주치며 미소를 지었다.

"돌아와서 기뻐요, 케이."

건이 마주 웃음 지으며 말했다.

"고마워요, 릴리안. 저도 많이 그리웠어요."

"이제 복학해야 하죠?"

"네, 해야죠. 복학 시기가 약간 안 맞아서 내년 초까지는 복학 준비랑 여기 정착할 준비를 좀 해야 할 것 같아요. 좀 바쁘겠죠, 아마."

"그렇군요. 지난번 집처럼 아무 곳이나 잡아서 또 스토커 사건 같은 일이 안 생기도록 신경 써서 구하시길 바라요."

"고마워요, 릴리안. 회사에서 잡아줄 거라 제가 따로 신경 쓸 필요는 없을 것 같지만요, 하하."

릴리안이 새삼스러운 눈빛으로 건을 보다가 말했다.

"이제 소속사도 있는 어엿한 스타가 되었네요. 멋져요, 케이."

건이 계면쩍게 웃으며 말했다.

"아니, 뭐…… 소속사는 19세 때부터 있었는걸요."

"그래요? 역시 스타가 될 사람은 떡잎부터 달랐나 보네요, 호호. 그럼 이야기 나누세요. 아참, 케이. 혼자 오신 건가요?"

"아니에요, 줄리어드의 샤론 교수님과 저녁 약속이 되어 있어요."

"아, 그래요? 보스. VIP룸 예약이 비어 있는데 샤론 교수님이 오시면 그쪽으로 안내해도 될까요? 홀에서 식사하시면 팬들 때문에 식사하기 어려울 테니까."

삼보가 고개를 끄덕이며 말했다.

"그렇게 해. 대신 케이. VIP룸은 무료로 제공해 줄 테니 나갈 때 홀 손님들에게 인사 한 번만 해줄래요? 당신의 흔적을 찾아오신 손님들에게 큰 선물이 될 테니까."

"하하, 손해 안 보려는 성격은 여전하시네요, 알았어요, 삼보 씨."

릴리안이 웃으며 나가고, 삼보와의 밀린 이야기로 웃음꽃을 피울 때쯤 샤론에게서 도착했다는 연락이 왔다. 삼보에게 나중에 보자는 인사를 건넨 건이 사무실을 나서자, 네 명의 보안 요원이 건에게 바싹 붙었다.

보안 팀장이 직접 지휘하는 보안팀이 가까이 붙어 건을 포위하듯 감싸자 맨 앞에선 팀장이 살짝 뒤를 보며 말했다.

"VIP룸까지 모시겠습니다."

건이 주위를 둘러보다 모자를 푹 눌러쓰고 보안 요원들의 인도를 받으며 걸었다. VIP룸은 홀 왼쪽에 있었는데 한쪽 벽 전면이 검은 창문이었다. 창문은 밖에서 보면 검은 스티커를 바른 창문 같지만 VIP룸 안에서 보면 밖이 훤히 보이는 매직 미러였다. VIP룸에 온 유명 손님들이 편하게 밖의 공연을 볼 수 있도록 배려한 특별석이었기에 무척 비싼 좌석이기도 했다.

건을 문 앞까지 안내한 보안 요원들이 문 앞에 자리를 잡자 보안 팀장이 말했다.

"입구 경비는 맡겨두시고 편하게 일 보세요."

건이 씨익 웃으며 손을 내밀었다.

"감사합니다, 팀장님. 그러고 보니 매번 팀장님이라고만 불렀네요. 성함이 어떻게 되세요?"

"아나톨리 알롭스키라고 합니다, 케이."

아나톨리가 건과 악수를 하자 경비를 서고 있던 보안 요원들이 저마다 손을 내밀며 말했다.

"저는 테드입니다."

"저는 레안도르입니다, 케이. 팬입니다!"

"저는 미카일입니다. 영광입니다!"

건이 웃으며 한 명씩 악수를 해주고는 잘 부탁한다는 짧은 인사를 남기고 방으로 들어갔다. 남은 보안 요원들은 저마다 건이 잡아준 자신의 손을 바라보며 감격에 젖었다.

그런 보안 요원들을 보던 아나톨리가 한숨을 쉬며 말했다.

"뭐하냐? 여신의 손이라도 만졌냐? 변태 같은 짓 그만하고 잘 지켜."

손을 뒤로 숨긴 테드가 말했다.

"팀장님. 제가 케이와 악수했다는 걸 알면 제 마누라가 거품을 물걸요? 제 마누라는 방송에 케이가 나오면 저를 지그시 보면서 한숨을 쉬어요. 어찌나 비교를 해대는지."

테드는 부인이 한숨 쉰다는 하소연을 하면서 자신도 마찬가지로 한숨을 쉬었다.

"처음에는 짜증 났는데 네팔에서 저분의 행적을 알아보고 나니 나 같은 놈이랑 비교하는 것 자체가 저분을 모욕하는 것이더군요. 그래서 저도 팬이 됐죠. 하하, 나중에 마누라한테 자랑하면 표정이 볼 만 하겠어요."

아나톨리가 피식 실소를 흘리며 말했다.

"그래, 하지만 그건 그거고. 네놈들 일은 똑바로 해라. 괜히 문 안쪽 기웃거리지 말고."

"옙!"

아나톨리가 문 앞에 선 두 명과 VIP룸 앞 복도를 오가며 경비를 서는 셋을 지그시 본 후 몸을 돌렸다.

문을 열고 들어간 건은 당연히 샤론 혼자 앉아 자신을 기다릴 것이라는 예상과는 달리 익숙한 정장 차림의 남자가 함께 있는 것을 보고는 한껏 웃음을 지었다.

"다니엘 웨이스 씨! 이게 얼마 만이에요!"

샤론과 이야기를 나누고 있던 다니엘 웨이스가 벌떡 일어나며 달려와 손을 내밀었다.

"하하! 케이! 기다렸습니다. 정말 오랜만이에요."

건이 다니엘의 손을 마주 잡으며 샤론을 보았다.

"네, 다니엘 씨. 정말 오랜만이네요, 하하. 그런데 샤론 교수님과 함께 오신 거예요?"

다니엘이 앉아서 웃고 있는 샤론을 돌아보며 말했다.

"하하, 샤론 교수님께 연락했다가 오늘 케이와 함께 식사자리가 있다고 해서 달려왔습니다."

건이 다니엘의 손을 잡은 채 테이블로 와 앉으며 말했다.

"그러셨군요, 잘하셨어요. 안 그래도 한번 뵈러 가려고 했는데 잘됐네요. 아비게일 씨와 케이트 씨도 잘 계시죠?"

"그럼요, 아비게일이 저 혼자 케이를 만나고 온 걸 알면 얼굴을 할퀼지도 모르지만요, 하하. 아! 케이트는 몇 달 전에 결혼했습니다."

"오! 그래요? 잘되었네요."

샤론이 팔짱을 끼고 볼을 부풀리며 말했다.

"이봐요, 거기 남자 둘. 나도 오랜만에 보는 건데 너무한 거아니에요?"

건이 웃음을 터뜨리며 샤론을 보았다.

"하핫, 아니에요, 교수님. 교수님이 제일 보고 싶었어요!"

"쳇, 이미 늦었어요."

"하하, 정말이에요. 저 네팔에 있을 때 교수님 생각하면서 밤에 연주도 하고 그랬는걸요."

샤론이 눈을 흘기다 건의 말에 반색하며 물었다.

"정말? 진짜 믿어도 돼요?"

"하하, 그럼요. 정말이에요. 그나저나 주문은 하셨어요?"

샤론이 창밖에 보이는 홀을 보며 말했다.

"아니요, 아까 릴리안 씨가 여기로 안내해 주며 오늘은 삼보 씨가 한턱 내신다고 VIP 코스로 준비해 주신다고 하더군요. 케이 덕에 공짜 밥을 먹게 생겼어요, 호호."

"아, 그랬군요. 하하. 삼보 씨는 손해 보는 일은 안 하시는 분이라 모종의 거래가 있었으니 미안해 마시고 마음껏 드세요."

"호오? 모종의 거래?"

"하하, 나중에 홀에 나와 손님들에게 인사해 달래요."

"아! 역시 사업가군요. 케이가 돌아왔다는 소문이 나면 이 가게에 자주 올 거라는 유추도 하게 되겠죠. 그럼 손님들은 더 몰리겠군요. 역시 대단한 사업 수완이에요."

"그러니 이만한 클럽을 운영하고 계시는 거겠죠."

잠시 후 여러 명의 직원이 접시에 올린 따끈한 음식들을 한 가득 가지고 왔다. 테이블에 올려지고 있는 갖가지 음식들을 보던 건이 자신의 앞에 스테이크를 놓아주는 릴리안을 보며 물었다.

"이걸 다 어떻게 먹어요, 릴리안……."

릴리안이 손으로 입을 가리며 웃었다.

"호호, 보스가 시킨 거예요. 전 모르는 일이랍니다."

릴리안이 몇 번이나 손을 흔들고는 밖으로 나가자 본격적인 식사가 시작되었다.

한참 그동안 밀린 이야기꽃을 피우던 중 건이 다니엘에게 물었다.

"그런데 다니엘 씨. 한국에서 출발하기 전에 교수님께 듣기로는 절 몇 번이나 찾으셨다고 하던데. 무슨 일 있으세요? 혹시 뉴욕 폴리탄 미술관에 또 문제가 생긴 건가요?"

입에 묻은 스테이크 소스를 냅킨으로 닦은 다니엘이 포크를 내려놓으며 약간 심각해진 표정으로 말했다.

"아닙니다. 사실 케이가 네팔에 간지 두 달쯤 지났을 때 제 오랜 친구에게 연락을 받았어요. 케이의 도움을 받을 수 있겠냐는 부탁이었습니다."

건이 다니엘의 분위기가 달라지자 들고 있던 나이프를 내려놓고 물었다.

"친구분이요? 어떤 부탁인데요?"

다니엘이 고개를 돌려 샤론을 보았다. 샤론은 다니엘에게 살짝 고개를 저었다.

건이 둘의 그런 모습을 보고는 의아한 눈으로 물었다.

"무슨 이야기인데 그러세요?"

다니엘이 입을 떼려 하자 샤론이 끼어들었다.

"안 돼요, 다니엘. 좋은 일인 것은 분명하지만, 그쪽 세계 사람들과 연관되는 것은 나중에 어떤 나비효과를 파생시킬지 알 수 없습니다. 담당 교수로서 학생에게 나쁜 영향이 있을 수 있는 것은 피하고 싶습니다."

다니엘이 샤론을 보며 쓰게 입맛을 다시자 건이 궁금하다는 듯이 말했다.

"무슨 일이기에 두 분이 반목을…… 이야기라도 해주세요. 궁금하잖아요."

샤론이 궁금해하는 건을 지그시 보다가 할 수 없다는 듯 다니엘에게 눈짓했다. 다니엘이 숨을 크게 고르고는 건의 눈을 마주 보며 입을 열었다.

"한 소녀가 있습니다. 큰 충격으로 말을 못 하게 된 아름다운 소녀죠. 말을 못 하게 된 것은 4년가량 되었답니다. 또, 충격을 받은 후부터 마치 감정이 없는 인형같이 변해 버린 소녀이기도 합니다. 아이의 아빠는 엄청난 돈을 뿌려가며 유명하다는 병원을 다녔지만, 아이는 여전히 말을 하지 않고 있답니다."

건이 예상과는 다른 이야기가 나오자 조금 놀란 눈으로 물었다.

"소녀요? 몇 살인데요?"

"한 달 전에 꼭 열한 살이 되었습니다."

건이 곰곰이 생각하며 물었다.

"네, 그런데 그 소녀에 대해 제게 부탁하실 일이 뭔데요? 전

의사가 아니잖아요."

다니엘이 진지한 눈으로 건을 보며 말했다.

"그 소녀가 어느 날 밤. 아빠와 TV를 보고 있다가 케이의 유니체프 모금 방송을 보고 눈물을 흘렸답니다. 4년간 어떤 감정도 표현하지 않았던 소녀가 말이죠. 그 모습을 본 아이 아빠가 케이를 만나려고 인맥을 동원하다가 저와 케이가 아는 사이라는 것을 알고 연락해 온 것이죠."

건이 고개를 끄덕이며 생각하다가 샤론을 보며 물었다.

"그런데 교수님. 이 일이 왜 제게 위험한 일이죠? 불쌍한 소녀에게 도움을 줄 수 없겠냐는 내용인데 말이죠. 물론 제가 도움이 될 수 있을지는 모르겠지만요."

샤론이 다니엘과 눈을 마주치자 다니엘이 할 수 없다는 듯 고개를 끄덕였다. 샤론이 그런 다니엘을 본 후 건을 보며 말했다.

"케이. 물론 다니엘 씨의 부탁은 좋은 일을 해달라는 부탁일 수도 있어요. 하지만, 그 부탁을 한 사람이 누구인지는 알아야 겠죠?"

건이 의아한 눈으로 물었다.

"예? 아픈 아이의 아버지 아니었나요? 아, 돈을 뿌리며 병원을 찾았다고 하셨으니 부자이신 건가요?"

샤론이 한숨을 길게 쉬며 걱정스러운 눈으로 말했다.

"아이의 아버지는 그레고리 미오치치. 5년 전부터 미국에 진출한 러시아 레드 마피아의 보스입니다."

To Be Continued

우진 현대 판타지 장편소설
WISHBOOKS MODERN FANTASY STORY

Wish
Books

다시 태어난 베토벤

1827년 한 남자의 죽음으로 고전 시대가 저물었다.

그러나
그가 지핀 낭만의 불씨가 타오르니
비로소 새로운 시대가 열렸다.

긴 시간이 흘러 찬란했던 불꽃도 저물어 갈 즈음.
스스로 지핀 불씨를 지키기 위해
불멸의 천재가 다시 태어났다.

〈다시 태어난 베토벤〉

마치 운명이 문을 두드리듯
힘차게 손을 뻗어 외친다.
"아우아!"

마왕성 플레이어

트레샤 퓨전 판타지 장편소설

WISHBOOKS FUSION FANTASY STORY

신들의 전장, 하멜.

집으로 돌아가기 위한 마지막 싸움.
믿었던 동료가 배신했다!

[영혼 이식의 대상을 선택해 주십시오.]

뒤바뀐 운명. 최약의 마왕. 그리고…….

"이번에는 좀 다를 거다!"

**어둠 속에 날카로운 칼날을 감춘,
마왕성 플레이어의 차가운 복수가 시작된다.**

Wish Books

나는 될 놈이다

글쓰는기계 게임 판타지 장편소설
WISHBOOKS GAME FANTASY STORY

판타지 온라인의 투기장.
대장장이로 PVP 랭킹을 휩쓴 남자가 있다?

"아니, 어디서 이런 미친놈이 나타나서…….."

랭킹 20위, 일대일 싸움 특화형 도적, 패배!

"항복!"

'바퀴벌레'라고 불릴 정도로
끈질긴 생명력을 가진 성기사조차 패배!

"판타지 온라인 2, 다음 달에 나온다고 했지?"

평범함을 거부하는 남자, 김태현!
그가 써내려가는 신개념 게임 정복기!